KEITAI
SHOUSETSU
BUNKO
野いちご SINCE 2009

暴走族の総長様に、恋をしました。

Hoku*

◎ STARTS
スターツ出版株式会社

この作品は『子持ちな総長様に恋をしました。』の新装版です。
カバー・本文イラスト／奈院ゆりえ

高嶺の花。冷酷。人形。無表情。
……そんなあだ名をつけられたあたしが恋をしたのは、
ひとりのパパでした……。

沢原冷夏、冷酷な女子高生。
立花秋、高校生にしてパパ。
そして……暴走族『龍皇』の総長。

子持ちで暴走族。
だけど、どうしても彼が好きなの……。
あたしの恋、いったいどうなるの？

沢原 冷夏（さわはられいか）

両親をなくした、孤独な美少女。冷たそうな外見からか、学校でも友達はいない。過去の記憶を失っている。

魁（かい）

冷夏の父親の知人。彼女の過去を知る数少ない人物。冷夏を大切にしている。

涼太（りょうた）

熱血系の高校1年生。龍皇の幹部。最初は冷夏に反発しているが…。

雨斗（あまと）

女嫌いで無口。涼太と同じクラスで龍皇の幹部。得意技はハッキング。

contents

1章
夜の街	10
噂の美少女―秋side	18
5人の不良	28

2章
龍皇と姫	38
赤髪と金髪の同期生	44
放課後とバイク	50
背中の温もり―秋side	56

3章
龍皇のお姫様	58
惹かれるモノ―秋side	72
呼び出し	75
恋の可能性―春斗side	79
パパと保育園―秋side	81

4章
魁さんとあたしの記憶	84
二度目の倉庫	96
隠した想い―秋side	99
親子合同遠足―秋side	103
近づけた瞬間	110

5章
気づいた恋心	116

忘れた理由	120
2年前の悲しい出来事	131

6章

揺れる心情	142
恋愛終止符―魁side	144
俺たちの姫―秋side	146
静寂の病室	148
パパになった日―秋side	150
あふれる想い	166
届かない言葉―秋side	170

最終章

龍皇とさよなら	174
信じる心―雨斗side	180
幸せになって―春斗side	183
秋の居場所―雨斗side	186
冬歌の"ママ"―秋side	188
重なるふたり	198
子持ちな総長様に恋をしました	226

番外編

卒業	234
初めてのケンカ	250
あとがき	280

1章

夜の街

　冷酷？　人形？　無表情？
　うん……知ってるよ。
　みんなが、あたしのことをそう呼んでいるって。
　だけど、好かれようなんて思っていないから気にしない。
　嫌ってくれたほうがラク。
　ここは校舎裏。
　嫌がらせをするには、もってこいの場所だ。
　あたしは……というと、同じクラスの女子にここへ呼び出されたかと思ったら、いきなり肩をつかまれ壁に背中を押しつけられていた。
「おまえ……マジでウゼェんだよっ!!　なに、人の男たぶらかしてんの!?」
　はぁ……。
「あたしはなにもしてないんだけど。彼氏にも聞いてみれば？」
　あたしが淡々とした口調で言うと、目の前に立つ彼女は鋭い目で睨んできた。
　だって本当のことなんだもん。
　たぶらかしてなんかない。
　あたしは、この女子の彼氏に提出物を渡しただけ。
　そうしたら、『やっぱ美人だわー』って彼氏がつぶやいたわけ。

それがよっぽど悔しかったんだね。
「いい加減、手を離してくれない？　あたし、課題がまだ終わってないんだけど。だいたい、どんだけ彼氏を信頼してないのよ」
　あたしがそう言うと、彼女は顔を真っ赤にして眉をつりあげた。
　なんか……火に油を注いじゃったみたい。
　だけど、構わなかった。さっさとこの場から立ち去りたかったから。
　そう思ったら、もう止まらなかった。
「よっぽど自分に自信がないんだね」
　とどめのひと言が、思わず口をついて出る。
「てめぇ、さっきから余裕ぶっこきやがって!!」
　すると、彼女は大声で叫びながら拳を振りあげた。
　あぁ、やっぱり殴るんだ……。
　でも、すべて想定内。
　それより、こういうことに慣れている自分が怖い。
　そんなことをぼんやりと考えながら、あたしは静かに目を閉じた。

　あたしは家に帰ると、私服に着がえて下ろしていた髪をポニーテールにまとめる。
「……また腫れちゃった」
　髪をまとめながら鏡ごしに腫れた頬を見つめていたら、思わずひとり言がもれた。

少し大きめのバッグに、制服、替えの下着やシャツ、靴下、学校用の靴とカバンを入れ、またすぐに家を出る。
　……夜の街へ繰り出すのだ。
「おぉ、冷夏!!」
「どうも。この店、よくつぶれないね」
　ここは、街からちょっと外れたところにある小さなバー。
　時間が早いせいか、あたしが来るときはいつも客がいない。
　お酒は飲まない。未成年だからね。
「マスター、アレ貸してよ」
「はぁ？　またかよ。だけど、冷夏に頼まれると断れねーんだよなぁ」
　そう言って、マスターが取り出したのはひとつの鍵。
「ありがと」
　あたしは鍵を受け取ると、店を出た。
　向かった先は、とあるホテル。
　さっきまで話していたバーのマスターの所有物件だ。
　バーはつぶれそうなのに、何気にお金はあるらしい。
　あたしは、週３回くらいそのホテルに泊まっている。
　夜、家にひとりでいると落ちつかなくて、人が多く集まる繁華街にいるとホッとするから。
　ほかの客ならお金を取るらしいけど、マスターはあたしからは取らない。
　その理由は今になってもわからないけど、ある人の紹介で来るようになったからかもしれない。

それにしても、相変わらず汚いホテルだな。
　部屋の前についたあたしは、鍵穴に差しこんだ鍵をまわしてドアノブをひねる。
　――ギイィィィ。
　そして、古びたドアを開けたとき。
「おい」
　突然後ろから鋭い声が聞こえた。
　驚いて後ろを振り返ると、背の高い男子が立っていた。
　年は同じくらいだろうか。
　あたしは、ドアノブから手を離して男子のほうに体を向ける。
「えっと……」
「ここ、俺らが借りてるんだけど」
　……えぇっ!?
　あたしは彼の言葉にがく然としながら、鍵に書いてある部屋ナンバーを見るけれど、それはまちがいなくこの部屋のものだった。
　……これは、世にいうダブルブッキング？
　最低……。マスターめ、なんてことを！
　だけど、こんなところで言い争うなんて面倒くさすぎるし、今日ここに泊まるのはあきらめて家に帰ろう。
「あ……そうですか。じゃあ、あたしは帰りますので」
　その場から立ち去ろうとした。
「あれ？　沢原冷夏？」
　ところが、彼の言葉に思わず足が止まる。

なに、この人。あたしを……知っているの？
「……そうだけど」
　でも、あたしはこの人を知らない。
　どこかで会ったのかな？
　そう思って、目の前に立つ男子をジッと見つめる。
　暗い中、うっすら見えたのは見覚えのない顔だった。
「へぇ。どうしたんだ？　こんなボロボロの格安ホテルに沢原がいるなんて」
　さっきから少し気になっていたけど、この人……見た目は王子様みたいなのに、口調がちょっと乱暴。
「どーでもいいでしょ。ところで、あなたは誰(だれ)？」
「知りたいか？」
「別に。ただ、知られているのに知らないって、なんかフェアじゃない気がしただけ」
　すると、彼はフッと笑いながら「たしかに」と言ったあと、
「俺ら、同じ学校。俺のほうがひとつ上だけど」
　と、続けた。
　……そう言われても、クラスメイトすら覚える気がないあたしが、ちがう学年の人のことを知っているわけがない。
「沢原は有名だからな」
　答えに困って黙(だま)りこんでいると、彼は思いがけない言葉を口にした。
　あたしが……有名？
「なにそれ、意味わかんない」

「……マジで知らないのか」
　彼は大きく目を見開き、"信じられない"といった口調で言う。
　その顔は、どこかおもしろがっているようにも見える。
　……なんか、感じ悪い。
　あたしは、心の中で少しムッとする。
「……ねむーい……」
　突然、少し離れたところから小さな女の子の声がした。
　声がしたほうに顔を向けると、5、6歳くらいのツインテールをした女の子が、あたしたちのほうに向かって歩いてきていた。
　なんでこんなところに子どもが……と思っていると、その子に向かって男子がゆっくりと口を開いた。
「あ、ごめんな冬歌。もうちょっとだけ待ってろ」
　え、知り合い？　もしかして、年が離れた兄妹かな。
　ってことは、この女の子も宿泊客ってことだよね。
　だったら、ますますここには泊まれない。
「さっきも言ったけど、あたしは帰るから、この部屋はふたりで使って」
「は？」
　……せっかく人が譲ったんだから、聞き返さないでよ。
「マスターには、あたしから文句を言っておく」
　帰ろうと足を一歩踏み出す。ところが、ふいに肩をつかまれた。
「おまえはどーするんだよ」

「……フラフラしてから家に帰る」
「ひとりで出歩くのはやめろって。なにかあったらどうするんだよ。それに、ちゃんと返金してもらえよ」
「大丈夫です。それにあたし、宿泊費タダなんだよね」
「は？」
「マスターとは知り合いなの。だから気にしないで。ちゃんとお金を払っているのは、そっちなんだし」

　そこまで話したとき、ふとあることに気づいた。
　誰かとこんなに話したのは久しぶりかも。
　そんなことを考えていると、彼がゆっくりと口を開いた。
「そういうことか……」
　次の瞬間、肩をつかむ手の力がほんの少しゆるんだので、あたしはその隙をついて彼の手を払いのけた。
　そして、また歩き出そうとした。
　だけど、動けなかった。
　今度は、彼があたしの手をつかんでいたからだ。
　せっかく肩から手が離れたのに……いったいなんなの？
「触らないでくれる？」
　あたしがそう言うと、彼はフッと笑った。
「おまえ、おもしろいな」
　はぁ？　……なに、この人。
「おもしろいことなんて、なにも言ってないけど」
「俺のことを知らない時点でおもしろいだろ」
　どういうこと？　この人、有名人なの？
　でも、知らないものは知らない。

さっき『同じ学校』って言っていたから、校内で見かけることはあるかもしれないけど、もう二度と話すことはないと思うし。
　とにかく、あたしはこの場から早く立ち去りたかった。
「さむいよぉ～……。ふぅー、さむい……」
　そのとき、この人の妹と思われる女の子が泣きそうな声をあげた。
　そりゃそうだよね。屋内とはいえ、ホテルの廊下だもんね。
　あたしは、女の子の頭にポンッと手を置く。
「待たせてごめんね。またね」
　そう言うと、あたしは彼の手を振りはらって歩き出した。
『またね』と言ってはみたものの、あの女の子……冬歌ちゃんに会うことは二度とないだろう。
　だけど、子どもは傷つけたくなかった。
「おい」
　背後で呼びとめる声が聞こえたけど……あたしは振り返らずに歩いた。
　そして、ホテルを出たあたしは、夜の街へと姿を消した。

噂の美少女―秋side

 引っ越しまでの2日間を、ホテルで過ごすことにした俺と冬歌。
 ところが、俺たちが泊まる部屋のドアを、ひとりの女が開けようとしていた。
 まさかのダブルブッキングのようだ。
 せっかく知り合いのツテたどって格安のホテルが取れたのに、最悪。
 もっと最悪なのは、相手が女だったってこと。
 俺は女が嫌いだ。ケバいしくさい。
 それに、うるさく騒ぎたててこびを売ってくる。
 だから、ムッとした口調で俺は女に声をかけた。
 そこで気づいた。
 その女は、同じ高校に通う"沢原冷夏"だった。
 沢原冷夏は、校内の有名人。
 学年は俺のひとつ下だけど、沢原の噂はすぐにまわってくるほど。
 それは、沢原が誰もが認める"美少女"だから。
 ただし、学校にいるときの彼女はいつもひとりで、誰かと話しているところなんてほとんど見たことがなかった。
 仮に見たとしても、それはクラスメイトと必要最低限の話をしている……という感じ。
 そんな彼女と話せた。これは貴重な体験かもしれない。

俺を見て、騒ぎたてることも怖がることもなく、淡々と会話をしていた沢原。

しかも、沢原は俺の手を振りはらい、俺が呼びとめるのも無視してホテルを出ていった。

女はみんな同じだと思っていた俺にとって、それは驚くべき状況だった。

「やっと見つけた……」

遠ざかっていく沢原の後ろ姿を見ながら、思わず声がもれる。

それにしても、俺のことを知らないってことは、俺がどんな人間でどんな地位にあるかも知らないってことだよな。

……俺の地位？　それは……。

「おーいっ、秋っ!!」

翌日、学校へ向かう途中、背後から騒がしい声が聞こえた。

俺が振り返ることなく歩き続けていると、バタバタッと足音がしたあと、ひとりの男子が俺の隣に並ぶ。

「秋、はよー！　なにか考えてたのか？」

「なにも考えてねぇよ」

嘘。ホントは考えくいた。

だけど、コイツ……春斗に言うと、いろいろ面倒くさそうだから俺はとっさに嘘をつく。

結局、あれから俺と冬歌はあの部屋に泊まった。

アイツは、ちゃんと家に帰ったんだろうか。
　　今日は学校に来ているのか？
　　マスターのミスとはいえ、寝床(ねどこ)を奪(うば)ったことは事実。
　　もしアイツになにかあったら、半分は俺の責任でもある。
　　だから確かめたかった。
　　そんなことを考えながら、春斗と校門をくぐると……。
「きゃあぁぁあ!!」
「秋だぁ!!　こっち向いてー！」
「春斗〜」
「秋と春斗、今日もカッコいい！」
「さすが龍皇の幹部!!」
　あたりから悲鳴にも似た歓声(かんせい)が起こる。
　……そう。俺らは全国ナンバーワンの暴走族『龍皇』の幹部だ。
　俺が総長で、春斗が副総長。
　そして、あと３人の幹部と大半のメンバーがこの学校にいる。
　それが俺の地位。
　今こうやって騒いでいるヤツらも、どーせ俺の地位が目あてだろ？
　姫(ひめ)になりたいんだろ？
　悪いけど、姫には"アイツ"しかさせない。
　やっと見つけたんだ……。
　俺は昇降口(しょうこうぐち)で上履(うわば)きに履きかえると、まず１年の校舎へ向かった。

「は……？　おい、秋？　そっち１年の校舎だぞ」
　それくらいわかってるっつーの。
「ちょっと用がある」
「秋がわざわざ出向くなんてめずらしいね」
　……だって心配なんだよ。世の中は物騒だからな。
　なにかあったとしてもおかしくない。安全の確認だ。
　それにしても……。
「きゃぁぁっ、秋先輩っ‼」
「春斗先輩も！　なんで１年の校舎に……？」
　あーうるせぇ。
　１年の校舎に俺が行くなんて、たしかにありえない話だけど騒ぎすぎだろ。
　俺は心の中でため息をつく。
「春斗先輩、どうしてここに……？」
　イカついオーラを放っている俺とはちがって、春斗には話しかけやすいのだろう。
　ひとりの女子が春斗に声をかける。
　春斗は優しそうな見かけをしているからだ。
「わかんない。俺は秋のつき添い」
　それに、ちゃんと答えるのも春斗のいいところ。
　ところが「理由は秋に聞いて」と、春斗はつけ加えた。
　その女子は、「え……」と言う。
　そりゃそうだよな。俺に話しかけられるかってーのっ‼
　少しすると、教室の前についた。
　中にいたヤツらは、まさか自分たちの教室に俺が来ると

は思っていなかったらしい。
　俺が教室に入った瞬間……。
「うぉぉぉぉおお!!」
「きゃぁぁぁああ!!」
　悲鳴のような歓声があがる。
　そんな盛りあがる教室にひとり、まったく微動(びどう)だにしないアイツがいた。
　席は窓側の一番後ろ。
　教室内の騒がしさなどまったく気にならない様子で、真剣(けん)に本を読んでいた。
「逆に目立ってるじゃねぇか……」
　俺はそうつぶやきながら、ズカズカと歩き出す。
　アイツの席目がけて一直線に。
「おい、秋。誰に用があんだよ」
　春斗は不思議そうに声をあげながら、俺について教室に入る。
「来ればわかる」
　俺はそのひと言で済ませ、アイツの席の前に立った。
「……おい」
　俺が声をかけると、アイツ……沢原冷夏はゆっくりと顔を上げた。
　そして、俺を見てあからさまにイヤそうな顔をする。
「なに、おまえ!!　冷夏ちゃんと知り合い!?」
　春斗はテンションが上がっている。
　そりゃそうだ。

あの"沢原冷夏"だもんな。
沢原は俺をしばらくジーッと見たあと、首をかしげた。
「……誰でしたっけ」
は？　まさか覚えていないとか？
いやいや、昨日の今日でそれはないだろ。
とりあえず、昨日のことを言えばわかるかもしれねぇ。
「……立花秋だけど」
しかし、それでも首をかしげられた。
コイツ、記憶力（きおくりょく）がないのか？
「昨日ダブルブッキングされた者だけど」
……ここまで言わなきゃダメか？
それにしても、この俺が下手（したて）に出るなんて！
しかも、年下の女に対して……。
すると沢原は、やっと思い出したのか「あぁ」とつぶやく。
「昨日の方ですか」
そして感情のこもっていない表情で続けた。
「なんでここまで言わなきゃわかんないんだよ」
「そう言われても、名前は一切言われてませんよ。唯一（ゆいいつ）知っているのは冬歌ちゃんくらいです」
……たしかに、俺、名前を言ってなかったかも。
「それに、本当に学校が同じだったとは思いませんでした」
「それは昨日の夜、言ったし」
「新手のサギかと思いました」
なんだそれ。っていうかさ。
「昨日は寄り道しないで、ちゃんと帰ったのか？」

沢原は体を一瞬ピクッとさせると、急に目をそらした。
　それは、少し焦っているようにも見えて……。
　正直驚いた。
　沢原がこんな表情をするのか、と。
　だけど、すぐにいつものクールな沢原に戻り、逆に尋ねてくる。
「なんでそんなこと聞いてくるんですか？」
「どっかフラついてたな」
「…………」
　黙った!!
　コイツ、マジで寄り道したな？
　俺は沢原の机をバンと軽く叩くと叫んだ。
「おいっ!!　フラつくなって言っただろ!!」
　思わず言ってしまうと、沢原はちょっと眉毛をつりあげた。
「別にフラついたっていいじゃないですか。あなたはあたしのお兄さんですか？」
「はぁ？」
　しばらく沈黙のまま、俺と沢原は睨みあう。
　すると……。
「プッ!!」
　え？
　今コイツ……。
「れ、冷夏ちゃんが笑った!?」
　俺が言うより先に春斗が叫んだ。

その瞬間、クラス中が振り返る。
　その光景に沢原はすぐに無表情に戻り、再び俺を睨みつけてきた。
「……なによ」
「いや……」
　思わず言葉につまる俺。
　だって、めずらしすぎるだろっ！
　噂では〝笑ったことがない〟って聞いていたし。
「……ちょっとおもしろかっただけですけど」
　すると、ムッとした口調で沢原がつぶやいた。
「ってかさ、なんで敬語なわけ？　昨日みたいに普通に話せよ」
「先輩なんでしょう？」
「いいんだよ、俺も普通に話すから」
「は？」
「まぁ、つまり、これからはお互い昨日のようにってことで。いいか？　冷夏」
　最後、名前を呼び捨てにするところだけ、少し声が小さくなった。……俺らしくもねぇ。
　冷夏はジィッと俺を見つめる。
　……なんだよ、なにか言いたそうだな。
「わかりました……立花先輩」
　……なんか堅苦しくてムカつく。
　みんな『秋』とか『秋先輩』って呼ぶのに。
「それとも、『お兄ちゃん』って呼びましょうか？」

「ブーッ!!」
　かなりふいた。
　冷夏に『お兄ちゃん』なんて呼ばれたら、すごいだろうな……と思ってしまう。
「大丈夫、そんなこと言わないから。ところで用事が済んだなら帰ってもらってもいいですか？」
　冷たい目で見つめられ、再び思う。
　コイツ、やっぱりほかの女とちがうなって。
「せっかくあの沢原冷夏と話せたのにー。もうちょっと話そーよ、ね？」
　春斗はそう言うと、軽くウインクをした。
　その瞬間、キャーッという女どもの悲鳴が聞こえる。
　春斗はわかっていない。冷夏は、こういうのは嫌いだ。
　案の定、そんな春斗を見て冷夏の顔はゆがむ。
「じゃあ、また帰りに来るから。またな、冷夏」
「は？　え、ちょっ……」
　俺は、「えーっ」と残念そうな声を上げる春斗を引っぱって教室を出た。
　そして、もう一度冷夏に目をやると、冷夏は再び本を読み始めていた。
　俺たちが来たことなんて、なかったかのように。
　やっぱり……そこら辺の女とはちがう。
　だから、俺は冷夏に興味を持ったんだけど。
　じゃあ、冷夏……。また帰り、な？

5人の不良

　ふたりは、嵐のように教室に入ってきたと思ったら、嵐のように去っていった。
　もうひとりの人は誰だったんだろうか。
『春斗』と呼ばれていたけど、ああいうチャラい人は一番嫌いだから、たぶん名前もすぐに忘れるだろう。
　……あたしなんかに構わないほうがいいのに。
　他人に干渉されたことのないあたしは、そう冷静さを装っていたけど、実は混乱していた。
　昨日会ったばかりの人に『冷夏』と呼び捨てにされたことも、学校で誰かとこんなに話したのも、初めてだった。
　しかも、『また帰りに来るから』って言われても……。
「ねぇねぇ、沢原さん！」
「……なに？」
　話しかけてきたのは、クラスで中心グループにいる女子。
「ちょっといいかなぁ？」
　ぶりっこしてかわいいつもりだろうけど、まったくかわいくない。むしろ、ブス。
「……いいよ」
　あたしに声をかけてきた理由はわかっている。
　どーせ……。

「どういうこと？」

屋上へと続く非常階段に連れてこられたあたしは、やっぱり文句を言われていた。
「どういうことって聞きたいのは、あたしなんだけど。いったいなんの用？」
「だから、なんであんたみたいな人間が、秋様と話しているわけ!?」
　あき……さま？
「誰よ、それ」
『秋様』なんて人、知らないんだけど。
「はぁ？　この学校にいて、秋様を知らないとは言わせないわよ。あんたがさっき話してた人よ！」
「……あぁ」
　昨日のダブルブッキングの人か。
　たしかに、立花秋って名乗っていた。
「なにが『あぁ』よ！　ふざけないでよっ！」
　──パチンッ!!
　いきなり頬を殴られた。
「った……」
　痛みを感じたと同時に頬が熱を帯び、口の中にかすかな血の味が広がる。
　次の瞬間、別の痛みが襲ってきた。
　思いっきり髪をつかまれたのだ。
　あたしは長い黒髪を下ろしている。
　だからか、そのダメージは大きかった。
「…………」

それでも、あたしはなにも言わない。
　だってなにか言っても彼女を刺激するだけだから。
　早くこの場から立ち去るためには、黙って彼女のイライラを発散させればいい。
「なんで黙ってんのよ！　痛くないの？　無表情で……。気味が悪いわ、この人形が！」
　そして、彼女は狂ったように大声をあげたかと思ったら、あたしを思いっきり突き飛ばした。
　ふわっと体が浮いて、階段から落ちる……そう覚悟した瞬間。
「え……」
　思わず困惑の声をもらしたのはあたしだ。
　なぜなら、今のこの状況……。
「……なにやってんだよ」
　昨日、会ったばかりの男……立花先輩が、あたしを抱きあげていた。
　それも横抱き。お姫様抱っこってやつ。
「……なんで？」
「なんでって、俺と離れてすぐに呼び出されちゃ、普通にヤバいと思うだろ」
　え？　呼び出されていたところ、見ていたの？
　それで、心配して来てくれたってこと？
　いや、ちがう。そんな勘ちがいしていいはずない。
　あたしは、もう人と関わってはいけないの。
　それは……罪を犯した、から。

「下ろして」
　あたしの口から出た言葉は、お礼ではなくて、ただ冷たく突き放すようなものだった。
「はぁ？　下ろすかよ。おまえ、ケガしてるし。強がんなよ」
　……最悪。唇、やっぱり切れていたんだ。
　頬もさっきより熱を持っている気がする。
　だけど、あたしは人に頼ったらいけない。
「大丈夫、下ろして」
　だから、もう一度言う。さっきよりも冷たい口調で。
　そのとき、彼の手があたしの頬に触れた。
「バカか、おまえ。泣いといてそのセリフはねぇぞ？」
「え？」
　あたしが、泣いている？
「誰が人形だよ、無表情だよ。冷夏にも感情はあるし、温かな人間だ」
　そして、彼は階段の上にいる女子を睨みつけ、冷たい口調で言い放つ。
「今度、冷夏になにかしてみろ。ただじゃ済まねぇからな」
　すると、女子は恐怖で体を震わせながら階段をかけおりていった。
　あたしは、あ然とするしかなかった。
　女子に向けた立花先輩の殺気は、並のものではなかったから。
　……そんなことより！
「下ろして！」

まだ、お姫様抱っこされていたままだった。
「チッ」
　彼は軽く舌打ちをすると、ようやくあたしを下ろす。
　舌打ちなんて不良のすること。
　もしかして……立花先輩は不良？
「ち、ちょっと!!」
　するとなにを思ったのか、立花先輩はあたしの手をつかむと、無言のまま屋上に向かって階段を上り始めた。

「冷夏ちゃん、秋には感謝しなよ？　秋が女の子のためにここまでしたのは初めてなんだからーっ」
　屋上でそう笑いながら言ったのは、春斗と呼ばれていた、さっき立花先輩と教室にも来たチャラ男の原点みたいな人。
　あたしたちから少し離れたところで、さっきの一部始終を見ていたようだ。
「助けて、なんて頼んでない」
　強がり。
　助けてくれたとき、一瞬うれしかったくせに。
　でもここでこう言っておけば、今後、立花先輩があたしに関わることはなくなるだろう。
「おい、冷夏。無表情で考えるのはやめろ。なにを考えてるのか読めねぇから」
　立花先輩はそう言って、眉をひそめた。
　……これ、いつもどおりの顔なんですけど。

そもそも、なにを考えているのか読まれるのがイヤだから、無表情でいるんだけど。
「じゃあ、あたしはこれで……」
「秋いぃ!!」
　この場から立ち去ろうとしたあたしの言葉をさえぎって、誰かが立花先輩を呼んだ。
　……誰？　せっかく帰れるチャンスだったのに。
　声がしたほうに顔を向けると、3人の男子が屋上に入ってきたところだった。
「秋いぃ、なんで教室にいないんや!!　心配したやろぉぉ！」
　なに、この赤髪の人。熱血だなぁ……。
　っていうか、え!?!?　今、何時!?
　あたしは慌ててスマホを取り出し、画面の時刻を見る。
「……過ぎてる」
　授業開始から15分が経っていた。
　あたしが「はぁ」とため息をつくと、その熱血くんと目が合った。
「おまえ、沢原冷夏やないか。なんで秋と春斗とおるんや？」
「涼太は黙っとけ」
　熱血くんがあたしに話しかけた瞬間、立花先輩が声をあげた。
　……低い声。怒ってる？
「はぁ？　おい、秋？　なんで俺が怒られなあかんねんっ!!」
　熱血くんも、自分が怒られていると思ったようだ。
　でも、なんで立花先輩は怒っているの？

「おい、涼太。落ちつけって」
　そう言ったのは、少し髪が長めの男子。
　立花先輩と春斗と涼太とはちがう、いたって普通の、どちらかと言えば優等生っぽい容姿だ。
　優しいお兄さんを連想させる。
「あんまり興奮するなよ。沢原さんがいるからって」
　お兄さんは、あたしに向かってニッコリほほえむ。
「なんで興奮せなあかんねん！　倫(りん)はなんでコイツが秋と春斗(はると)と一緒(いっしょ)にいるのが気にならんのや!?」
　涼太はあたしをビシッと指さす。
「ほらほら、人のことを指さすなよ」
　そんな涼太に、倫と呼ばれたお兄さんがたしなめるような口調で言う。
　だけど、涼太はまだあたしを指さしていて……。
「ちょっと有名で美人やからって、秋にこびを売るなんて100万年早いねん！」
　意味のわからないことを言い始めた。
　なにを言っているんだろう。
　あたしは有名でも美人でもないし、こびなんて売ってない。
　それなのに、なんでここまで言われなくちゃいけないんだろう。
　さすがにあたしもイラッとして、涼太を睨み返す。
「なんや？　なにを睨んでんねん！」
　先に突っかかってきたのはそっちじゃない。

あたしがそう言おうとしたとき。
「涼太」
また、立花先輩の低い声。あたりに殺気がただよう。
「……もう、ええわ！」
涼太は、ふんっとあたしから顔を背けた。
「涼太。冷夏ちゃんは、秋から関わったようなものだからさ。……つまり、冷夏ちゃんにはなにも言うなってこと。わかった？」
春斗がそう言うと、涼太は再びあたしを見て、
「……まぁ、秋がええなら別にええけど」
と言いながら、ゆっくりと赤髪をかきあげる。
「邪魔だけはするんやないぞ」
最後にそう言い放って睨みつけてきた。
……邪魔って、なにをするのよ。
そもそも、あたしは早く教室に戻りたいんだけど。
「涼太。コイツにするから」
立花先輩がいきなり口を開いた。
コイツにする？
——ガタッ。
すると、なにかを落とす音がした。
音がしたほうに目を向けると、金髪でぶかぶかのセーターを着た人がばうぜんとした表情で立っている。
「……雨斗。いくら女嫌いだからって、いつかは誰かが姫になるんだ」
倫がちょっとキツい口調で言うけど、雨斗と呼ばれた人

はまだぼうぜんとしていて、あたりにイヤな空気がただよう。
　立花先輩の話が理解できないあたしは、首をかしげる。
　それより……ここにいるのはもう限界だった。
「……悪いけど失礼させてもらいます」
　あたしはくるりと背を向けて、ドアのほうへ歩き出す。
　ところが、グイッと腕を引かれ後ろによろけた。
「待てよ。冷夏に話がある」
　そう言ったのは、立花先輩だった。

2章

龍皇と姫

　立花先輩の真剣な顔に、少し心がざわつく。
　あのチャラ男の春斗でさえ、真面目な顔をしているのだ。
「おい、本気かよ？」
　次の瞬間、雨斗が声をあげながら立花先輩に近寄る。
「あぁ」
「……この女で本当にいいのかよ？」
「おい、雨斗。それ以上はよせや」
　ふたりの間に入ったのは、涼太。
「だってコイツ」
「雨斗。総長命令だ」
　立花先輩の冷たい声に、場が凍りつく。
　総長？
　なにを命令したのかもよくわからないけど、とりあえず立花先輩の言うことを聞けってこと？
　それに……あたしに話って……？
「冷夏」
「…………」
「龍皇の……姫になれ」
「……は？」
　今、なんて？
「冷夏。龍皇の姫になれ」
　だから……。

「申し訳ないけど、リューオーってなに？ それに、ヒメって？」
 さっきから、立花先輩がなにを言っているのかわからない。
「はぁぁ!? 貴様、龍皇を知らんって、どうかしてるやろ!!」
「だって、知らないものは知らない」
 あたしは、涼太を睨みつける。
「……冷夏ちゃん、それ本気で言ってるの？」
 すると、今度は春斗が目を見開いて聞いてくる。
「いや、本気もなにも、あたしがここで嘘をつく理由はないかと」
「俺らのこと、まったく知らなかったの？」
 続けて、倫が不思議そうに聞いてくる。
『俺ら』ってことは、この5人は有名人なの？
 だけど……。
「何度も言いますけど知らないです。昨日や今日会ったばかりなのに」
「マジか……」
 春斗はなぜか苦笑い。
 なによ、そんなにおかしいこと？
「おい、倫。説明しろ」
 立花先輩の低い声がした。
 倫は「はいはい」と言うと、あたしに向き直った。
「沢原さん、いーい？ 龍皇とは、全国ナンバーワンの暴走族。その総長が秋で、副総長が春斗。幹部が俺と涼太と

雨斗。雨斗は天才的なハッカーでもあるから、聞きたいことがあったら聞きなね」
　……暴走族。それって……。
「あのバイクに乗って騒いでいる人たちってこと？」
「なんや、めっちゃ侮辱された気いしてんの俺だけか？」
「そういうわけじゃないですけど……それで、ヒメってなんですか？」
「姫のこともわからない？」
「はい」
　倫は、あたしを見てニコッと笑った。
「暴走族の姫は、"みんなから守られる存在"で、"総長の女"ってとこかな」
　え、ちょっと待って。
「今……総長の女って」
　総長の女ってことは、立花先輩の彼女ってこと？
「うん、そう言ったけど？　でもまぁ、必ずしも彼女になるって決まっているわけじゃない」
　ならよかった。
　あたしはホッと息をつく。
「でも、その姫がなんであたしなの？　あたしなんかを選んだら後悔しますよ」
　だって、あたしは友達もいないし、人と関わらないようにしている。
　そんなあたしを"姫"にするなんて、絶対にまちがっていると思う。

そもそも、暴走族に入るなんて無理。
「冷夏」
　立花先輩は、なぜかあたしは抱きしめた。
「はぁ？　ちょっと離してよ」
「冷夏、俺たちと一緒にいろよ」
　俺たちと……一緒にいろ？
　会ったばかりのあたしに、なにを言っているの？
　でも、なぜだろう。
　その言葉に、胸の奥が震える。
　それは、あたしに"居場所"ができるってこと？
　立花先輩は、あたしの存在を認めてくれたってこと？
　そう思ったら、あの日以来……初めて地に足がついたような気がした。
　でも、本当にあたしなんかでいいんだろうか。
「……あたし、面倒くさい女ですよ？　めっちゃイヤになるかもしれないですよ？」
　そう言ったあたしから、立花先輩はそっと体を離すと手を差し出してきた。
「なんねぇよ。俺が選んだヤツなんだ。だから、俺たちと来い」
　……ダメ。
　そう思っていたけど、あたしの手は立花先輩の手をそっと取っていた。
「……はい」
　そう、つぶやきながら。

「じゃあ、冷夏ちゃん。今日の放課後に倉庫ね？」
　満面の笑みで言った春斗。
　倉庫ってなんだろう？
「ねぇ……」
「あ、冷夏ちゃん」
　倉庫ってなに？と聞こうとしたところを春斗はさえぎり、
「もう知っていると思うけど、あらためて自己紹介。俺は春斗」
　そう続けてウインクした。
「春斗先輩？」
「春斗！」
　え、呼び捨てでいいの？
　まぁ、さっきから心の中では、立花先輩以外は呼び捨てだったけど。
「わかった。じゃあ、春斗。倉庫ってなに？」
「うーん……倉庫？」
　いや、逆に聞き返されても困るんだけど。
「春斗、アホやろ！　おい、姫！　倉庫ってのは龍皇のたまり場や！　ちなみに、俺は涼太や」
　すると、涼太が代わりに答えてくれた。
　あたしのことを嫌っていたみたいなのに……。
「ありがとう」
　ところが、あたしが笑顔を浮かべて素直にお礼を言うと、
「おまえ、笑えるんやな！　っていうか、俺のこと嫌いな

くせに笑いかけんなボケ！」
　涼太は、なぜか顔を真っ赤にして怒りだした。
　なんでキレてんのよ。
「なんかしたなら謝るけど？　それにあたし、あなたのこと嫌いじゃないけど」
「沢原さん、ちょっとストップ。涼太がパンクしちゃう。あ、俺は倫ね」
　倫が慌てて止めに入ると、春斗が再び話に入ってきた。
「いやー涼太もいい経験だよな！　冷夏ちゃんに笑いかけてもらって、さらに嫌いではないと言われて……。幸せ者だなっ」
　いい経験？　幸せ者？
　春斗の言葉の意味がわからないあたしは、無言のまま首をかしげることしかできなかった。
　そんな場の雰囲気を変えるかのように、
「じゃあ、冷夏。放課後、教室に迎えに行くから」
　立花先輩はそう言うと、屋上のドアに向かって歩き出した。

赤髪と金髪の同期生

　立花先輩やみんなに続いて屋上を出たあたしは、階段を下りて右、１年の教室があるほうへ曲がった。
　立花先輩たち２年は左へ……ってあれ？
「涼太と雨斗。なんで右に曲がるの？」
「俺ら１年や」
　……え？
「お、同い年？」
　大人っぽいし、立花先輩がひとつ上だからふたりもそうかと思っていたけど、ちがったようだ。
「せやで！　あ、ちなみに俺は４月生まれで、雨斗は５月生まれや」
「…………」
　どうでもいい情報すぎて、なにも反応しないでいると。
「おまえ、もうちょい愛想よくできへんの？」
　涼太があきれ顔で尋ねてきた。そんなの、あたしの勝手でしょ。
　そんなことより。
「あたしが姫になること、納得してないんでしょう？」
　これは、もちろん雨斗にもかけた言葉だ。
　だけど、雨斗はあたしからの質問に答える気はないみたいで、
　目を合わせることもなく、無言のまま。

「納得してないなら、もっと反対すればよかったのに」
　ムッとしてそう言うと、涼太はゆっくりと口を開いた。
「言えるわけないやろ。秋は総長やで？　総長の命令は絶対や」
　なによそれ。
「でも、龍皇はみんなの居場所なんでしょ？　涼太も立派な龍皇の仲間なんでしょ？　だったら言うべきだよ」
　あたしがそう言うと、涼太は目を大きく見開いたかと思ったら、すぐにフッと優しく笑った。
「……秋が選んだ理由わかった気するなぁ」
「え？」
　あまりよく聞こえなかったので聞き返すと。
「俺、やっぱりおまえでええわ。つか、俺もおまえがよくなった！　姫になってや」
「……どういう風の吹きまわし？」
　ついさっきまで、あたしが姫になることにいい顔なんかしていなかったのに。
　怪しくてしょうがない。
　雨斗はまだ納得していない。
　それにしても、族っていうことは……。
「5人のほかに、その……龍皇に入っている人はどれくらいいるの？」
　そもそも全国ナンバーワンていうくらいなんだから、メンバーはたくさんいるはず。
　ってことは、メンバーの中には雨斗みたいに、あたしが

姫になることに反対の人が絶対にいるってこと。
「それがなぁ。龍皇はほかの族に比べて、人数がめっちゃ少ないねん」
　え?
　全国ナンバーワンなのに?
　あたしの思ったことがわかったのか、涼太はつけ加えた。
「あ、勘ちがいせんといてな?　ただ龍皇は、ほんまに強くて仲間思いなヤツしか入れんだけや」
　仲間……思い?
「みんながみんな、仲いいの?」
「そら、ちっちゃいケンカならするけど、基本的にはみんなで助けあってるんや」
　なんか、すごくとまどった。
　そんなみんなの居場所に、あたしみたいな人間が行ってもいいの?
　つぶしちゃうかも、しれないんだよ?
　だってあたしは……!
「ごめん。あたし、そんな温かい場所には行けない」
「冷夏、どないしたん?」
　涼太は心配そうにあたしの顔をのぞきこむけど、答えることができない。
「……あたし、やっぱ無理だわ」
　そう言って歩き出そうとしたけれど、誰かがあたしの肩をつかんだ。
　さっきからなにも言葉を発していなかった、雨斗だ。

「……なによ?」

　雨斗は無言であたしを睨みつける。

　……さすが暴走族。迫力(はくりょく)があって怖い。

　そんな雨斗の表情につられてか、あたしの顔も自然とこわばる。

　すると、雨斗があたしの顔に手を伸(の)ばしてきた。

　え……っ!?

　もしや、もしかしなくても……叩かれるの?

　いくら慣れているとはいえ、反射的に目をつむってしまう。

「……いっひゃ……(痛い)」

　次の瞬間、頬に痛みを感じた。

　だけど、それは殴られた痛みじゃない。

「ひゃにふんのよ(なにすんのよ)」

　ゆっくり目を開くと、雨斗に両頬を引っぱられていた。

「笑え」

「え?」

「龍皇の人間は、そんな陰気(いんき)くさい顔するな」

　雨斗が初めてあたしに話しかけてくれた。

「あ、ありがとう」

　あたしは、やっと解放された頬をなでながら言った。

「……それは、あたしを認めてくれたって思ってもいいってこと?」

　雨斗はゆっくりうなずいたが、よほど女が嫌いらしくすぐに顔を背けた。

「ふぁ!?」
　突然、涼太がヘンな声をあげた。
「どうしたのよ？」
　涼太はボーッとした顔で雨斗とあたしを見比べていて、まるで異次元へと飛んでいったみたいだ。
「すまん、驚いたんや。あの女嫌いの雨斗が、女としゃべって、女の頬をつねるなんて……」
「そんなにめずらしいことなの？」
「めずらしいどころか、大ニュースや！　俺、みんなに言ってくる！」
　……アホだ。そんなことを言いふらしてなんになる？
　まぁ、あたしには関係ないけど。
「じゃあ、あたしは教室に戻るわ」
　あたしは、Ｂ組。
「せやな！　俺と雨斗はＡ組やから、なんかあったらいつでも来るんやぞ！」
　……なに、父親みたいなことを言っているだろう。
　それに、"なんか"なんてあるわけないし。
　あたしはちょっと笑ってしまった。
　だけど、悪い気はしなかった。
「わかった、ありがとう。またね」
　だから、そう言ってあたしは笑顔で小さく手を振って、教室へ入った。
「雨斗ぉぉ、見たか？　見たやろ？　今、姫、笑って手を振っとったで!!」

「だからなんだよ。涼太はあの女に惚れたのか？」
「はぁ!? なんでそーなるん！ そんなこと、あ、あ、ありえへん！」
　顔を真っ赤にした涼太が、雨斗とこんなやりとりをしているとは知らずに。

　教室に戻ったときには、クラスの女子にすっごい睨まれたけど、いつものことだと思ったら気にならなかった。
　そして、あたしを屋上に呼び出した女子のほうを見ると、立花先輩に怒鳴られたのがこたえたのか、あたしのほうを見ることもなかった。

放課後とバイク

そして、放課後。
迎えに来るって言っていたけれど、誰も来ない。
もう教室には誰もいなかった。
「帰っちゃおうかな」
そう思って、荷物をカバンに入れ始めたときだった。
「冷夏……!!」
教室のドアが開くと同時に、「はぁはぁ」と息を切らしながら立花先輩が来た。
「立花先輩でも慌てるんですね」
あたしが言うのもおかしな話だけど、立花先輩はどちらかというとクールで余裕ぶっている感じだから。
「わりぃ。日直の仕事で」
なんだろう……。
先輩が本当に来てくれて、心がホッと温かくなる感じがした。
もう二度と、この温もりは感じられないと思っていたのに。
　……あれ？
あたし、いつの間にこの人に心を許しているのだろう。おかしい。
だって、あれだけ人は信頼できなくて、ひとりで生きていくって決めたはずなのに……。

「じゃあ行くぞ、冷夏」
　そう言った彼の後ろをついていってしまうのは、なぜだろう。

　昇降口を出ると、さっきの４人がいる。
「行くぞ！」
　声をあげたのは立花先輩。
　っていうか、倉庫ってどの辺にあるんだろう？
「あの、立ば……」
「秋」
『立花先輩』と呼ぼうとすると、立花先輩にさえぎられた。
「秋って呼べ。みんなそう呼んでる」
「はい。えっと……秋……先輩」
　暴走族の総長だから、なんか"先輩"をつけなくてはいけない気がした。
「春斗のことは呼び捨てだろ。秋でいいから」
　ところが、立花先輩……秋は許してくれなかった。
「え……あ、うん」
　そんな会話をしながら歩いていると、駐輪場へついた。
　でも、なぜかその先に続く校舎裏へと５人は歩いていく。
「どこに行くの？」
　校舎裏には、今では使っていない卓球場がある。
　まさか、そこが倉庫？
　あたしは不安になって尋ねるけど、誰も答えてくれない。
　そして、やってきた校舎裏。

案の定、目の前には古びた卓球場。
　秋を先頭にみんながぞろぞろと中へ入っていく。
　あたしは、思わず足を止める。
　やっぱり卓球場が倉庫なの？
「冷夏ちゃんは、そこで待ってて」
　すると、春斗が声をかけてきた。
「う、うん」
　あたしはその場にぼうぜんと立ちつくす。
　あの中になにかあるの？
　呼ばれないってことは、卓球場は倉庫じゃないってことだし……。
　あたしは、ぼんやりと考えこんでいた。

「……夏、冷夏！」
　秋の声に我に返る。
「なにボーッとしてんだよ。ひかれるぞ」
「え、ごめんなさい……。って、ええ!?　ひかれる!?」
　顔を上げると、みんながそれはそれは立派なバイクにまたがっていた。
「な、なんでバイク？　どこから……」
　あたしが尋ねると、5人はいっせいに指をさした。
　その先には……。
「卓球場？」
「ああ。あそこはバイク置き場だ」
　秋の言葉に、言葉を失うあたし。

卓球場がバイク置き場になっていたなんてまったく知らなかった。
　それより、どのバイクも改造してあるよね!?
　素人のあたしでもわかる。
　これは……危険!!
「俺の後ろ乗れよ」
　そう言いながら、バイクを降りた秋があたしの目の前に立つ。
　ぎゃぁぁぁあ！やめて！　そんな怖いバイクに乗れって、殺す気!?
「いや、あたし乗れないし」
　抵抗むなしく、あたしの体はふわっと宙に浮いた。
　脇の下に手がまわされ、持ちあげられていたのだった。
「ひゃぁっ!!」
　そして、ストンとバイクの後部座席に乗せられる。
「軽すぎ、おまえ」
　な、な、な……!!
「なにすんのよ、秋！」
　あたしは、たぶん赤くなっただろう顔を隠した。
　そんなとき、秋はみんなに言ったのだ。
「な？　冷夏は無表情なんかじゃねぇだろ？　照れるし怒るし笑うんだよ」
　……え？
　今までいだいたことがない、照れくさいような温かい気持ちが込みあげてきた。

「……秋」
「倉庫にいるヤツらも、冷夏のよさがわかればいいな」
　あたしはうつむいた。
　秋はそう言ってくれるけど、みんなが秋みたいに受けいれてくれるかわからない。
「別に理解されなくてもいい。無表情とか人形って思われたり言われたりするのは慣れてるし」
　嘘。本当は秋にそう言われるだけで、すごく温かくなるし、うれしい。
　……けど、あたしにいい噂なんてないから、あたしといることで、ここにいる龍皇のみんなの評判が下がってしまうのではないかと不安だ。
　慣れている……それは本当のことだけど、あたしだって叩かれると痛いしつらい。
　それに……悲しい。
「嘘言うな」
　あたしは思わず顔を上げた。
「……倉庫、行くぞ」
　気のせいかな。
　なんか、一瞬すべてを見すかされた気がした。
　……心を全部見られた感じ。
「……うん」
　秋はニッと口角を上げると、「落ちないようにな」と言いながら、あたしの手を取って自分の腰にまわした。
「じゃあ、しっかりつかまっとけよ？」

秋のその言葉が聞こえて、あたしがギュッと腕の力を強めたとき。
　――ブオオォォォォン。
　バイクがすごい音を立てて走りだした。
　ものすごいスピードで駆けぬけていくバイクから見える景色は、全部風のようで……。
　……あれ？
　この光景、あたし、見たことがある……？
　あたしの頭の中によみがえるのは、幸せそうに笑う自分と、すごいスピードで流れる景色。
　そして、誰かの背中。
「ねぇ、あれは誰だったの？」
　あたしはそう小声でつぶやいて、秋の背中に顔をうずめた。

背中の温もり―秋side

「ねぇ、あれは誰だったの?」
　そうつぶやいて俺の背中に顔をうずめた冷夏は、ほんのわずかだが震えていて……。
　運転中だから無理だけど、そうじゃなかったら抱きしめたかった。
　いったい、冷夏はなにをかかえているんだろう。
　過去に、なんかあったんだろうか……?
　正直、知りたいと思う。それは、もうとてつもなく。
　だけど俺は、冷夏が自分から話したくなるまで待とうと思っている。
　いつかおまえが俺らを信頼して、話してくれる日が来るように……。
　俺は、いつまでも待っているから。
　そんなことを考えながら、俺は冷夏の体温を感じていた。

3 章

龍皇のお姫様

　しばらくすると、バイクが止まった。
「ここ」
　ヘルメットを取った秋はバイクにまたがったまま、無愛想に目の前の建物を指さす。
「ここが倉庫？」
「あぁ。ほかの族のたまり場に比べたらキレイなほうだぜ」
　暴走族がたまり場にしている倉庫っていうから、もっと壁にヘンな落書きとかがあると思ったけどまったくなくて、秋が言うように本当にキレイだった。
「行くぞ、冷夏」
　彼はそう言ったけど……あたしには無理だった。
　それは……。
「……バイクから降りられないんだけど」
「はぁ？」
　驚きで目を大きく見開く秋。
　がんばって足を伸ばしても地面に足がつくわけなく、飛び降りるなんてできなかった。
「だって飛び降りた拍子に、背中とかガツッとぶつけたら痛いじゃない！」
「冷夏ちゃん、降り方を失敗して、背中をぶつけた経験があるみたいな言い方だね。……って、あるの？」
　春斗の問いかけに、あたしは首をかしげる。

……え？　あれ？　あたし……バイクに乗ったことがあるの？
「ない……よ」
　うん、あるわけがない。
　だって、そんな記憶はないから。
「まぁいい。じっとしてろ」
　秋はまたもやあたしの脇の下に手を入れると、ふわっとかかえあげた。
　そして、ゆっくりと地面に下ろす。
「入るぞ」
　秋がそう言うと、倉庫の大きく重そうな扉(とびら)が内側からゆっくりと開く。
「総長、ご苦労様です！」
　それと同時に、扉の向こうで男子たちがいっせいに頭を下げているのが見えた。
「どこが、"少ない"よ……。多いじゃん」
　あまりの人の多さに、あたしは驚いた。
「みなさんも、ご苦労様です!!」
　みんなは「おっす」、「ああ」などと言いながら、ぞろぞろと倉庫の中に入っていく。
　その場に取りのこされそうになったあたしは、慌てて倉庫の中に入ろうとした。
　そのとき、にぎやかだった倉庫の中が静まり返る。
　まぁ、そうなるよね。
　知らない人がいきなり倉庫に来たら驚くし、"帰れ"っ

て思うに決まっている。
　しかも、女だし。
　前はこんなところじゃ……なかったのに……。
　あれ？　あたし、今、なにを思った？
　ここに……来たことがあるの？
　思い返そうとするけどなにも思い出せない。
　きっと……いや、絶対に初めてのはず。
　バイクに乗っていたときもそうだけど、さっきからなんだろう。
　初めてのはずなのに、どこか記憶にある。
　でも、なぜ……？
「……さ、沢原冷夏!?」
　下っ端らしき人たちの声が重なり、ハッと我に返る。
　っていうか、あたしのこと知っているの？
「沢原さん、龍皇には俺らや沢原さんと同じ学校の下っ端が多いんだよ」
「冷夏は有名やからな。同じ学校ならみんな知っとるっちゅうわけや」
　そう言ったのは、倫と涼太。
　……驚いた。まさか、龍皇の下っ端くんたちにまで知られているとは。
「なんで沢原冷夏がここに？」
　下っ端くんたちは目を見開いている。
　そんなにあたしがここにいるのがおかしい？
　だけどすぐに、あたしがなぜここにいるか気づいたみた

い。
「総長……まさか沢原冷夏が……」
「あぁ。姫だ」
　あちゃー。
　秋は、あっさりとあたしが姫だと言ってしまった。
　いや、いつかは言うんだけど、まさか倉庫に入ってすぐのところで言うとは……。
　みんなを集めて改まった形で……と思っていたあたしがバカだった。
　絶対に、反対の声があがるはず。
「え……」
　秋の言葉に、場は再び静まり返り、空気が重くなる。
　ほーらね。
　ここでブーイングを受けたら帰るべきかも。
　だいたい、あたしみたいな冷血な女に、こんなにたくさんの仲間がいる温かい場所は合わないってこと。
　あたしは心の中でため息をつく。
「冷夏、自己紹介」
　すると、秋があたしに声をかけてきた。
「え、あぁ……沢原冷夏です」
　あたしは気が重くなるのを感じながら、無愛想に名前だけを言った。
　だってほかに言うことなんてないし。
「冷夏、ひどい自己紹介やな」
「……総長」

涼太があきれた口調でつぶやくと、突然、ひとりの下っ端が声をあげた。
　彼の声であたりが静まる。
　……反対、されるのかな？
「俺は、冷夏さんが姫でうれしいっす」
「……え？」
　あたしの耳に届いたのは、予想外の言葉だった。
「お、俺も！」
「俺もっす！」
　次々と言葉が重なる。
「……なんで？」
　思わず言ってしまった。
　だって、あたしが姫でうれしいなんて、ありえないもの。
「あたし、人形とか無表情とか言われているんだよ？」
　そう言うと、ひとりが言ってくれた。
「けど、それはちがうって俺は知ってます。だってこの間、冷夏さん、花壇で……」
「おまえ、やめろよ！」
　へ？　花壇？
　ほかの下っ端が止めたけど、あたしにはしっかり聞こえていた。
「花壇ってなによ？」
　ちょっと睨みをきかせて尋ねてみる。
「い、いやなんでもないっす！」
　なんでもないわけないよね？

「あたしに関係することなのに、あたしが知らないなんて悔しい」
　　あたしはプクーッと頬を膨(ふく)らます。
　　すると、なぜか顔を真っ赤にさせる下っ端たち。
　　ところが次の瞬間。
「おい、秋。下っ端を睨みつけんな。殺気がハンパねぇよ」
　　春斗がそう言いながら秋の肩に手を置いた。
　　下っ端くんたちといい、春斗も秋もどうしたの？
　　あたしが首をかしげると。
「……言え」
　　秋は低い声でそう言うと、肩に置かれた春斗の手を払いのけて下っ端のほうへと向かって進んだ。
「……言え」
　　秋はもう一度言う。けど下っ端たち、なんのことだかわかってないわよ……？
　　ついでに言うと、あたしもわからないけどね。
　　そもそも秋は、主語がなさすぎ。
「す、すみませんっ、秋さん！　言え、というのは……なんのことで？」
　　恐(おそ)る恐る尋ねる下っ端がかわいそうに見えてきた。
「さっき言ってたこと、言え」
　　……さっき？
　　下っ端は、なぜかあたしに顔を向けた。
「ほ、本人の前では恥(は)ずかしいんすけど、言ってもいいすかね？」

心あたりがないだけに、気になる。
　あたしは、縦に首を振った。
「1カ月ほど前、俺は学校内でケンカをして、すり傷を作ってしまったので水道で洗っていたんです」
「はいストップ。ケンカって、なにしたの?」
　倫が、回想中の下っ端の世界を壊しながら尋ねる。
「同じクラスのヤツとちょっともめて……」
「意味のないケンカはするなって、秋がいつも言っているだろ?」
「すいやせん」
「次やったら、怒るよ?」
「へい」
「じゃあ、続き」
「へい」
　……なんかかわいそう。
　話せと言われて、話したら怒られるって。
　けど、秋がいつも言っているらしい『意味のないケンカはするな』っていうのは、いいなって思った。
「……それで自分、そのとき冷夏さんを見たんすよ」
　下っ端がまた話しだした。
「水道の隣の花壇にいた捨て猫に、エサをあげていました」
「え……!?」
「そして、その猫の頭をなでて『うち来る?』って……」
「やめてっ!」
　あたしは、思わず下っ端の話をさえぎった。

……思い出した。あの日、あたしは猫を見つけた。
　そして、その猫相手にいっぱい話しかけた気がする。
　結局引き取り手が見つかって、それきりなんだけど。
　……とにかく、これ以上はまずい。恥ずかしくて顔から火が出る。
「ダメ。それ以上言ったら怒るから」
　あたしが強い口調で言うと、下っ端は頭を下げて「すいやせん」と言った。
「まぁ冷夏さんに止められたので、これ以上は言えませんが。とにかくそれを、俺らはみんな知ってます」
　みんな知ってる!?
　……とてつもなく恥ずかしい。死んでしまいそうなくらい……。
「……もうこの話はやめ！」
　あたしは慌てて倉庫の奥へと進んだ。
「なんやー。最初は『行かない』て言うてたのに、自分から行くのかー」
　涼太がなんか言っていたけど、気にしない。

　連れてこられたのは、倉庫の２階にある部屋。
「……ここは？」
「幹部室だよ。総長の秋と副総長の春斗。俺、涼太、雨斗。そして最後に、姫。この６人しか入れない」
「うん、わかった」
　倫の説明は本当にわかりやすい。

「ちなみに……秋と姫の冷夏ちゃんの部屋は、まだ別にあるからね！　案内しよっか？」

すると、春斗が倫とあたしの間に割りこんできた。

春斗って、テンション高いな。

でも、なんでだろう……憎めない。

最初に会ったときは、チャラくて最も苦手なタイプだと思っていたのに不思議。

それに、春斗ってなんだかんだいって、しっかり人のことを見ている。場の空気も読めるし。

こう言ったらヘンだけど、"チャラ男を演じている"って言葉がぴったりな気がする。

あたしは、春斗に向かってこくんとうなずいた。

「じゃあ、行くよー！」

「うん」

あたしは扉のほうへ体を向けた……けれど、

「……秋？」

秋に腕をつかまれて動けなかった。

「……俺が案内する」

「……え？」

全員の声が重なる。

「いや、秋？　その……まさかとは思うけど、冷夏ちゃんのこと……？」

春斗が秋を部屋の隅に連れていき、なにやら小声で聞いている。

ここまでは聞こえないけど、春斗があたしを気にしなが

らコソコソ話しているのを見ると、あたしは聞かないほうがいい話なんだと思う。
　あたしは意識を別のところに向けるため、幹部室の中を見まわすことにした。
「は？　ちがうだろ」
　すると数分後、秋のそんな声が聞こえた。会話は終了したみたいだ。
「行くぞ、冷夏」
　秋があたしに声をかけてきた。
「えぇ？　あ、わかったよ」
　あたしは、秋のあとについて部屋を出た。
　幹部室の前の廊下を歩いていく。
　長い通路になっていたけど、吹き抜けになっているので、いつでもその通路から下にいる下っ端がのぞける。
　……なるほど、ちゃんと考えて作られているんだ。
　２階の廊下をぐるっと１周したあたりに、一部分だけ下から見えない場所がある。そこへ向かってあたしたちは進んだ。
「……ここだ」
　そこには、ふたつのドアが並んでいた。
　秋は奥のほうの扉を開けた。
「ここが、おまえの部屋」
　中をのぞくと、キレイに整とんされたベッド、机や本棚、テレビや小さな冷蔵庫などの家具や家電が置いてあった。

さらに、カーテンやシーツはピンクと白で統一されていて、"女子の部屋"という感じがする。
「ここ……」
「自由に使え。泊まってもいいし」
　それは遠まわしに、あたしに"ここに住め"と言っている……なんてことはないか。
「俺の部屋はこの隣だから、なんかあったら声かけろ」
　部屋、隣同士なのか……。
　あれ？　待って。なんかおかしい。
「ちょっと待って。ひとつ聞いてもいい？」
　秋がうなずいたのを見て、あたしは口を開いた
「あの日、なぜホテルに泊まろうとしていたの？　家は？　この部屋で妹さんと暮らせばいいのに」
　妹さんならここを使ってもよさそうなのに。
「あぁ、あれは引っ越しまでの２日間、ホテルを借りただけ。冬歌はアパートにいる。まだ５歳の子どもを、こんな暴走族のたまり場には置いておけない。みんな言葉づかいも悪いし、風紀も悪い。いつ敵が襲ってくるかもわからないしな」
　なるほど……。たしかにそうかもしれない。
「いいお兄さんね」
　あたしが言うと、秋はなにも言わず驚いたように目を見開いた。
「……なによ？」
　あまりに驚いた顔をするから、思わず尋ねた。

「そういえば、冷夏にはまだ言ってなかったな。実は、冬歌は……」
「おーい、秋」
　春斗の声がして、振り向く。
　4人がこっちに歩いてきていた。
「下に集め終わったよ。さぁさぁ冷夏ちゃん、がんばれ！」
　そう言って、あたしの肩をポンと叩く春斗。
　がんばれ……って、なにを？
「サンキュー、春斗。さぁ、冷夏。あいさつだ」
　……え!?
「さっき名前を言ったけど、あれじゃダメなの？」
「あたり前や。あんなの、あいさつでもなんでもない」
　すると、涼太が口を挟む。
「……そうだよね。うん、わかった」
　今回ばかりは涼太が正論だ。
　あたしは少しとまどいながらも歩き出す。
　廊下を進むと、下にたくさんの人が見えてきた。
「こ、これ何人いるのよ」
「300人くらいかな」
　……300人で少ないの？
　倉庫に来たときも驚いたけど、想像していた以上にメンバーがいたんだ。
「なんてあいさつしよう……」
　そう言うと、秋があたしの頭の上にポンと手を置いた。
「自分の素直な気持ちを話せばいいんだよ。アイツらはこ

こに冷夏が来たときから認めてんだから、なにを言っても受けいれてくれるさ」
　そのひと言と頭に感じる秋の手の温度が、心を落ちつかせてくれる。
　あたしは、スゥーッと息を吸って吐いた。
「じゃあ、行ってくる」
「……はぁ？」
　あたしは螺旋階段を下りていく。
「れ、冷夏ちゃん。下に行くの？」
　春斗が驚いた顔でこちらを見ているけど、驚く要素はなにもないはず。
「下に行かないと。ちゃんとあいさつできないじゃん」
　そんなの普通でしょ。
「いや、別にここからでも……」
「ダメだよ、上からなんて。あたしの顔もよく見えないだろうし、あたしもみんなの顔を覚えたいし。なにより、話すときは相手と目線を合わすものよ」
　あたしはそう言って下へ向かう。
「姫……」
　下りてきたくらいでそんなうれしそうな顔をされると、こっちまでニヤける。
「……えっと。あたしみたいなヤツがここにいていいのかわからない。けど、ここの幹部の人たちは本当に温かい。そんな彼らについていっているみんなにも、あたしは認められたいと思っている。一緒にいたいと思っている」

あたしは、そっと笑顔を作ってみた。
さっきみたいに自然に。
そして、スーッと息をたくさん吸いこみ……、
「……よろしくねっ!!」
倉庫内に響きわたるくらい、大きな声で言った。

惹かれるモノ—秋side

「冷夏ちゃん、やっぱかわいすぎ」
「おい」
　笑った冷夏に、春斗なんか鼻の下を伸ばしてやがる。
「なに？　秋くーん。『冷夏は俺の』とか言っちゃう感じ？」
　……なんだコイツ。
「……なに、言ってる。そんなんじゃねぇよ」
　それに、俺は……。
「まだ冬歌ちゃんのこと、言ってないの？」
　春斗は急に真顔になった。
「……そもそも、冷夏のことをそんな目で見てねぇよ。ただの"姫"だ」
「ホントにそーかなぁ～」
　春斗は気味悪くニヤついている。
　……俺はそんなふうに冷夏を見てない。
　それは、自分自身に言い聞かせているようで、自分でもよくわからなかったりする。
「なぁ、秋」
　涼太が、コソッと俺に近づくと耳打ちをしてきた。
「なんだ？」
「秋って、冷夏のこと狙ってへんの？」
　……は？　涼太、どうした!?
「……いや、なんでもあらへん！　冗談や、冗談。ちょっ

と気になっただけや」
　涼太はなぜか慌てだす。
　涼太……まさか、冷夏のこと？
　なわけねぇよな……？
　いや……たぶん気になってはいるんだろうけど。
　それより……。
　なんだ？　このモヤモヤ感。
「なんとなく、おまえの気持ちは理解した」
　俺は、いまだ慌てふためいている涼太に言う。
「な、なにを理解したんや!?　ちがうからなぁ!?」
　真っ赤になって反論してくるが、なんの説得力もない。
「まぁ、黙っといてやる」
「だからちがうって言うてるやろ！」
　まぁ、ちがうならそれはそれでいいんだけど。
「けど、びっくりや。てっきり、秋は冷夏に気いあるんやと思っとったわ」
「……っ」
　思わず言葉につまった。
　しかも『ちがう。好きじゃない』と即答できなかった自分に、心底驚いている。
　俺は今まで学校とかで、すぐにキャーキャー騒ぎだす女が嫌いだったんだ。雨斗ほどではないけどな。
　だけど、なんでだろう……。
　自分が総長になったとき、あんなに『姫なんて存在はいらない』って思っていたし、周囲に言ってもいた。

……けど、冷夏には初対面のとき、どこか惹かれるものがあって、勝手に心配して教室まで行って……。
　挙句の果てに、ほとんど話したこともなければ素性も知らないのにもかかわらず、冷夏を姫にした。
　でもよかったのかもしれない。
　みんながここまで懐くとは思わなかった。
　やっぱり、みんなが惹かれるなにかを持っているんだろうな……冷夏は。
「行くぞ」
　あんな下っ端の野獣(やじゅう)どもがいるところに、何分も冷夏を野放しにはできない。
　俺は階段を下りて１階へ向かった。
　そのあとに続いて、春斗と幹部３人も階段を下り始める。
「やっぱり……秋のヤツも惚れてるんちゃう？」
　涼太の声は俺には届かなくて、さらに涼太が切なそうにしていたことにも俺は気づいていなかった。

呼び出し

　龍皇は、楽しいところだった。
「冷夏さん、俺、憧れてたんです！」
「話してみたかった」
　そう言ってくれる人もいて、ついさっきまでのあたしなら『お世辞でしょ』って言っていたはず。
　それが、この人たちに言われるとなぜかうれしくなる。
　ホントにいいところ。
　そのとき……。
　——ピロロロロ。
　みんなの視線がいっせいにあたしに向けられる。
「あ、ごめんなさい」
　突然、あたしのスマートホンが鳴った。
「もしもし」
　あたしは倉庫の隅のほうに向かいながら、電話に出る。
『冷夏ちゃん？』
　聞きなれた声がした。
「……あぁ、お久しぶりです」
『うん、久しぶり。……とか言いつつ、俺のこと覚えてないでしょ？』
　失礼な……。
「覚えてますよ。……あのときよりあとのことは」
『そっか。じゃあ、これから会える？』

「ええ、いいですけど……今すぐじゃないとダメ？」
『うん。お店予約しちゃった』
「あたしがいいって言う前提？」
『……まぁね』
　さすがだ。
「じゃあ、すぐに行きます」
『ありがとう。待ち合わせ場所は電話を切ったあとに送る』
「……わかりました」
　電話を切ると、いつの間にか倉庫内は静まり返っていた。あたしの声をみんなが聞いていたみたい。
　視線を受けながら、少し気まずい気持ちでみんなのもとに戻る。
「そういうことなので、用ができたので先に帰るから」
「え、冷夏ちゃん、もう帰るの!?」
「うん、ごめん」
　あたしは幹部室に行ってカバンを手に取ると、階段を下りて倉庫の出口へ向かおうとした。
「じゃあ、また」
　いちおうみんなにペコッと頭を下げる。
　そのとき、手をつかまれた。
「……なに？」
　手をつかんだのは、秋だ。
「誰かと会うのか？」
　秋は少し険しい顔をして、あたしのほうを見ている。
「……そうよ」

「男か？」
　……はい!?　そんなことまで答えないといけないわけ？
　なんか面倒くさいな……。
　詮索されるのは嫌いだし。
「まぁね」
　事実だから正直に答える。
　あたしの言葉を聞いた秋の顔が、さらに険しくなる。
　なにやら端では、倫や春斗やらがコソコソ話をしながらおなかをかかえて笑っている。
　なんて言っているのかはわからないけど……。
「……えっと、問題ある？」
　あたしがそう言うと、またもや倫と春斗が大爆笑。
　あぁ、もう！　なにがそんなにおかしいの？
　笑っている理由がわからなくて、感じが悪い。
「問題はある。行くな」
　しかも、秋からは思いがけない言葉が放たれる。
　は？　秋ってば、なにを言ってるの？
　冗談はやめてほしい。
「それは無理。いきなりどうかしたの？　おかしいよ」
　秋はハッとなると、急にそっぽを向いた。
　今度はどうしたのよ？
「……ソイツ、何歳？」
「あたしより３つ上だけど」
「どんなヤツだ？」
「見た目はチャラいけど、いい人だよ」

だから……その情報いる？
「とりあえず、急いでいるから行くわ。じゃあまた。次はいつここに来られるかわからないけどね」
　そう言うと、みんなが目を見開いた。
「沢原さん、明日は無理なの？」
　倫が遠慮がちに尋ねてくる。
「確実に無理だと思う」
「……学校は？」
　あ、そっか。学校のことを忘れていた。
「しばらく……休むわ。あの人に呼び出されると１週間は帰れないから」
　あたしがそう言うと、「そっか……」とみんながつぶやく。
「……じゃあ沢原さん、またね。出た道をまっすぐ行けば、駅に出るから」
　倫は親切に教えてくれた。
「ありがとう」
　あたしは「それじゃあ」と言って、待ち合わせ場所まで急いだ。
　あの人に会える日は、特別だった。
　いくら龍皇の姫になったからって、あの人に会うのはやめられない。
　あの人といると、気持ちがすごくラクになる。
　なんでも話せる。
　そして、孤独や悲しみ、つらさを……一瞬だけでも忘れることができるから。

恋の可能性―春斗side

　へー。
　冷夏ちゃん、秋を置いてほかの男のところ行くのか。
　しかも、1週間帰れない……とか。
「どうする？　秋」
　秋の横顔を見ると、まだ不機嫌そう。
　まさか……相当ショックを受けている？
　冷夏ちゃんに姫になれって言ったのには驚いた。
　だって秋は、これまで姫を作ったことがなかったし。
　秋は、彼女に気があって姫にしたわけじゃない。
　そのことを勘ちがいされても困るって態度だった。
　まぁ冷夏ちゃんの場合、その心配はないみたい。
　彼氏いるみたいだし。
　それなのに、目の前の秋は不機嫌。
　やっぱり、それって……。
「なぁ、秋？　どうする？って聞いてるんだけど」
　俺が心の中でつぶやいていた間、ずっとシカトしてたよね？
「なぁ、秋。気にならないのか？」
「別に」
　本当、素直じゃない。
　っていうか、秋、怒ってないのかな？
　ん？　それはね、さっき……。

『秋、独占欲強すぎー』
『冷夏ちゃん、鈍すぎー』
　って、倫と笑っていたこと。
「なぁ～、本当に気になんないの？」
　俺はふざけて秋の髪の毛をいじる。
　こうやって俺がふざけていると、いつもつっこんでくるくせに。
　ねぇ秋。なんで出口ばかり見つめているの？
　そんなに、冷夏ちゃんを知らないヤツに持っていかれたの、悔しい？
　まだ出会って２日目なんだろ？
　それに……。
「秋には、冬歌ちゃんがいるでしょ？」
　俺が言うと、秋はやっと出口から目をそらした。
「さっきも聞いたけど、冷夏ちゃんには、言ってないんだよね？」
　秋は「あぁ」と言うと総長室に戻った。
　……いつにも増して無口。
　けど、いつもとはちがう気がする。
　秋の心は、少し傾いている。
　冷夏ちゃんに……。

パパと保育園―秋side

　総長室に戻り、バイクの鍵を手に取る。
　下では、幹部と下っ端たちが俺を見上げている。
　俺はそっと階段を下りた。
「俺も帰るわ」
「冬歌のお迎え？」
　倫の質問に俺はうなずく。
「そっか」
「……じゃあ」
　俺はそう言って今日の族のことを春斗に任せると、バイクにまたがりエンジンをかける。
　来るときは後部座席に冷夏が乗っていたな……なんて思いがら、冬歌のところへ急いだ。

　保育園の前につき、スマートホンで時間を見る。
　ちょっと遅れてしまった。
「迎え、遅くなってすみません」
　俺に気づいた先生が、こちらをチラッと見る。
「時間はちゃんと守ってくださいよ。冬歌ちゃん、呼んできますね」
　案の定、残っているのは冬歌ひとりだったようだ。
　保育園の先生には嫌われている。なぜか。
　俺が暴走族っていうのもある。

だけど、一番は……。
「パパぁ!!」
　……父親が、高校生だからだ。
　駆けよってきた冬歌を抱きあげる。
「ごめんなー、遅くなって」
「パパおそい。さみしい」
　ムスーッとした冬歌。
　ものすごくかわいくて、俺は冬歌の頭をなでる。
「わりぃわりぃ。じゃあ、今日はどこの店に行きたい？」
「ん……おべんとやさん！」
「またか？」
　最近なぜか冬歌は弁当屋が好きで、『手作りお弁当』と書かれたいつもの店で買う。
　俺が料理できないっていうのもあるんだけど。
　この前、そんな俺らを見て春斗は『秋にもできないことがあるんだなー』と言っていた。
　そりゃ、俺にもできないことなんてたくさんある。完璧じゃないさ。
「……よし、帰るか！」
　さすがに小さい冬歌を乗せるわけにはいかず、俺はバイクを押して冬歌と並んで帰った。

4章

魁さんとあたしの記憶

　……ここは？
「おはよう、冷夏ちゃん」
　その声は……。
「あ、魁さん。おはよー」
　そっか。
　昨日、魁さんに呼び出されてそのままふたりでブラブラして、眠くなったからホテルに来たんだった。
「……冷夏ちゃん、なにもしてないよ？」
「知ってますよ。魁さんのほうが先に寝たでしょう。それに、そういう仲でもないし」
「相変わらず、グサッと来ること言うねー」
「そうですか？　だって仲よしさんじゃないですか」
　たぶん龍皇のみんなは勘ちがいしただろう。
　あたしに彼氏がいるって。
　けど、それは絶対にない。
　魁さんは３つ年上の、ただの仲よしさん。
「冷夏ちゃん、それはちがうよ。俺は仲よしさんじゃなくて、冷夏ちゃんの……」
「わかってますよ。あたしの……お父さんの知り合い、って言いたいの？」
「……うん」
　やめてよ。

もうお父さんはいないの。
　だから今は、お父さんの知り合いとして魁さんのことを見ているわけではない。
　もちろん恋愛対象でもないけど。
　でもね……。
「魁さん見てると、たまにすっごく切なくなる」
　魁さんとふたりでいると、なんか切なく、やりきれない感じが心を支配するの。
「なんでだろうね。あのとき、出会ったのが初めてだったのに、そんな気がしない。もっと昔から知っているような気がする」
「……そーだね」
　そんなあたしの言葉を聞くと、魁さんはホントに悲しそうに笑った。
　その顔を見ていたら、またあの日のことがよみがえってきた。

　魁さんとの出会いは、あたしが病院で目を覚ましたとき。
　ベットサイドに誰かがいた。
『……冷夏？　意識ある？』
『うん……』
『……よかった。もうダメかと…　』
『……あなたは、誰？　お父さんの知り合い？』
『……うん、そうだよ』
　その人が、魁さんだった。

そんな感じだったけど、なんでここまで仲よくなったんだろう。
　まったくの謎。
　だけど、この人だけは信頼している。
　なぜ病院にいたかって？　それは……。
「ところで、冷夏ちゃん。あのときの傷はまだ残ってるの？」
　魁さんが、申し訳なさそうに聞いてくる。
「……残ってますよ、ほら」
　あたしは、袖を二の腕までめくった。
　すると、魁さんはまた悲しそうな表情を浮かべた。
　そこには、大きな切り傷。包丁で切ったような痕。
　誰も、本当のことは教えてくれなかった。
　教えてくれたのは、あたしの記憶が欠落していること。
　あたしが忘れているのは両親のこと、それと中学に入学してから病院のベッドで目を覚ます中学２年の冬までのこと。
　両親という存在がいたのは覚えている。
　ただ、その顔や思い出、そして……どうして亡くなったかがわからない。
　顔は写真を見せてもらった。
　思い出もアルバムを見た。
　だけど、両親が亡くなった理由を誰も教えてくれない。
　そこまで隠されたら、探ろうとも思わなかったけどね。
　でもその原因は、あたしだ。
　入院中、病院のナースさんたちの話を盗み聞きしてし

まったから。
『知ってる？　冷夏ちゃんの家』
『あぁ、ご両親が亡くなってる……』
『ご両親が亡くなった理由、冷夏ちゃん絡みらしいよ』
『親権、取りあったとか？』
『れいかちゃんが……と……ったから』
　——ピシャッ。
　ところが、大事なところを聞く前に、主治医の先生に扉を閉められてしまった。
『君たち、そういう話はやめなさい』
『……先生』
　今思い返してみると、あの先生はなにか知っていたのではないだろうか。
　……そして、魁さんも。
　けど、話してくれない。
　お父さんの知り合いなだけの魁さんと、どうしてここまで仲よくなったのは謎。
　年もそこそこ近いし、お互いの波長が合うって感じかな？
　それと、魁さんがあたしのことをよくわかってくれるからかも。
　とにかく、唯一信頼できるのも魁さん。
　魁さんは大事な存在。
　見た目はちょっとチャラいけど、顔は整っているしモテるだろう。

だけど、魁さんの浮いた話を聞いたことがない。
　話す必要がないから話さないだけなのかもしれないけど、きっととても一途な人な気がする。
　だって、ボーッとしていたから。
　それは、海を見ていたとき。
　海には２、３回しか一緒に行ったことがないけど、そのたびに魁さんはあたしではない"誰か"を見ているの。
　あたしにはわかる。
　ねえ、魁さん……。
　魁さんの悩み、あたしじゃ聞けないの？
　あたしに両親の記憶がないときに支えてくれたのに、あたしは魁さんを支えられない。
　幸せになってって、心から思うの。
　１週間帰れないなんて言ったけど、嘘。
　魁さんといると、帰りたくないって思っちゃうの。
　魁さんと過ごす時間は楽しいから。……いつもなら。
　だけど、なぜか今は彼ら……龍皇のことが気になる。
　なんで……。
「……秋」
　そっとつぶやいてしまった。
「ん？　冷夏ちゃんなんか言った？」
　そこでハッとする。
「ここ、どこだっけ？」
「本日２回目だね、それ。ふたりでショッピングに行くんだろ？」

あ、そうだった。
だから、ホテルを出て手をつないでるのか！
でも、デートではない。
手をつなぐのは魁さんなりの配慮。
あたしの記憶が、また迷子にならないように……。

1週間後、あたしはまたガヤガヤとした学校へ来ていた。
いつもより10分ほど遅くなった登校。
その理由は、ホテルからそのまま来たから。
昇降口で上履きに履きかえると、職員室へと向かう。
　──コンコン。
「失礼します」
　中に入り、担任のもとへ行く。
「先生、1週間も休んでしまってすみません」
　……学校に連絡した記憶はない。無断欠席だ。
　これは内申の点数が下がるな……と思い、そっとため息をつく。
　担任は若い男の先生。
　生徒から人気があるとはいえ先生は先生だから、ぜったいになにか言われる。
「あ、1週間休んだこと謝りに来たのか？　平気だぞー。お兄さんから連絡あったしな」
　ヘ？　お兄さんって。
　魁さん!?
　驚くあたしをよそに、先生はしゃべり続けた。

「久しぶりに会ったんだってな。１週間でも短いくらいだろう。沢原は成績もいいし、遅れたぶんは次の授業でがんばってくれ」
　……さすが魁さん。手、まわしていたのね。
「失礼しました！」
　なんだ、面倒くさいことをしてしまった。
　魁さんもひと言ってくれればいいのに！
　重い足取りで教室に入ると、やはりざわつく。
「沢原さん来たよ……」
「来なくてもいいのにね」
「うん、隣のクラスのサリちゃん、彼氏取られてたし」
　……誰よ、サリちゃんって。
　彼氏を取ったとか、あたしは１回もそんなことしてないのに。
　いったいどこからそんな噂が生まれているの？
　男子も男子だし。
　あたしのほうをチラッチラッと見ながら、なんかヒソヒソ話をしているし。
「あー目の保養」
「ここまで美人だと怖いな」
「彼氏取ったとか、どーせ無自覚」
　……なんて言っているかはあたしには聞こえないけど、女子みたいに堂々と言ってもいいよ？　悪口は痛くもかゆくもないし。
　悪口に慣れちゃった自分は、本当はすごくイヤなんだけ

ど。
「ねぇ、沢原さん」
　あたしの机の前に女子が３人ほど来た。
「……なに？」
　普通に聞いたつもりだけど、女子３人は少し肩をビクつかせた。
「……ちょっといい？」

「……った」
　あたしは殴られた頬を押さえ、自由のきかない左足を引きずる。
　今、あたしは保健室に向かっている。
　それは、今から約１時間前。
　３人に連れていかれた先は、またもや体育館裏。
　そこであたしを待っていたのは、５人のギャルたち。
『で？　なんの用？』
『とぼけんじゃねぇよ！　おまえ、佐里香の彼氏取ったくせに！』
　ひとりの女の子が泣いている。
　彼女がサリちゃん、ね……。
　サリちゃんって呼ばれているから小柄な人を想像していたけど、ハリバリのギャル。
『……あなたの彼氏って誰？』
　そう聞いたら答えてくれた、けど……。
『誰よ、それ』

同じクラスでもなく、本当に知らない人だった。
『ふざけんな！　あたしはアイツに"やっぱ沢原さんみたいな子が好き"って言われたんだよ』
　……それって。
『絶対あたしのせいじゃないわよね？』
　いや、確実に彼氏が悪いでしょ。
　あたしはなにもしていない。
　知らない人に、なにができるっていうの？
『調子のんじゃねーよっ!!』
　そしたら５人が切れて、ビンタが飛んできたわけ。
　あたしは「はぁ」とため息をつく。
　左足の自由がきかないのは、突き飛ばされたときにひねったらしい。
　湿布と包帯だけでももらおう。
　そう思い、保健室のドアをノックする。
　ところが、中からなにも反応がない。
　どうやら誰もいないらしく、あたしはドアを開けた。
「あれ、沢原さん……？」
　するとなぜか、保健室には倫がいた。
　とくになにかをしているわけでもなく、ただキャスターつきのイスに乗って、保健室内をグルグルしているだけ。
「……倫、なにしてるのよ」
　倫はイスに乗ったまま、無言であたしに近づいてきた。
「サボリはよくないよ？」
「沢原さんだって、サボリじゃん」

「サボリじゃないわよ。あたしは湿布と包帯をもらいに来たの」
　倫は「へーっ」と言うと、救急箱から湿布と包帯を取り出してくれた。
「俺がやってあげるよ」
「……遠慮する」
「ケガした理由はなんとなく予想つくんだけどね〜。どーする？　みんなに言っちゃう？」
　……いじわるだ。倫はもっと大人なイメージあったのに。
　あたしは素直に足を出した。
　靴下を脱ぐと、真っ赤に腫れた足があらわになる。
「これはすごいね。いったいどんな仕打ちを受けたの？」
　なにも言ってないのに、女子にやられたってわかっているんだ……。さすが。
　だけど、倫いわく「誰でもわかるよ。今の沢原さんの状況を見れば」だって。
「どんな仕打ちって……。普通よ、普通」
「沢原さんの普通って、結構ヤバいよね？」
「さぁ？　ご想像にお任せします」
　あたしはとぼけるけれど、冷たい湿布が貼られて一瞬体がビクつく。
　それから丁寧にあたしの足に包帯が巻かれた。
「これでよし。まだ無理して動かないでね？」
「……うん」
　倫の包帯は、プロが巻いたようにキレイになっていて、

文句なんてつけようがない。
「ずいぶんキレイに巻くのね」
「あれ、言ってなかったっけ？　俺、医者の息子……というか跡取(あとと)りで、龍皇では治療(ちりょう)も担当してるんだよ。ま、あんまり大きなケガは無理だけどね」
「へぇ。なんかすごいね」
「そんなことないよ」
　倫は救急箱をしまいながら即答。でも、本当にすごいと思う。
　医者の息子なんて、きっと裕福(ゆうふく)なんだろうなぁ。
「……あたしに比べたら、幸せな人生送ってるわよ」
　ボソッとつぶやいたけど、"しまった"と思った。
　思わず本音がもれ出たから。聞かれちゃってたらどうしよう。
　そんなあたしに気づいたのか、倫はあたしを見てニッコリ笑う。
「そっか。……けど、俺も大変」
　あたしのことは聞かなかったけど、代わりに自分のことを話しだした。
「……そう」
「聞きたい？」
「……あたしは龍皇のみんなに、まだ自分のことを話せないから」
　つまり、答えはノー。
　あたしのことは話せないから、あなたのことも聞かな

いって意味。
「だから、話せるようになったら話そう？　そのときは倫の話、ちゃんと聞く。そして……あたしも、話すから」
　しばらく、あたしと倫の瞳(ひとみ)がぶつかりあう。
「……わかった」
　そう言って、倫は優しくほほえんだ。

二度目の倉庫

「沢原さん、今日は倉庫に寄っていきなよ」
　保健室を出ようとしたとき、背後から声がかかる。
「でも、とくに用事もないし」
　この前はほら、自己紹介とかあったし……。
「けど沢原さん、1週間ぶりでしょ？　寄ってほしいな」
　……倫にそう言われると、断れない。
　あたしは「わかった」とうなずくと、保健室を出た。

　倫に言われたとおり、今日は帰りに倉庫に寄ることにした。
「あ、冷夏ちゃん来たね」
　春斗の声とともに「こんにちは！」という声が響いた。
「あ、あれ!?　冷夏ちゃんもしかしてひとりで来たの!?」
　……そんな驚くこと？
　前に来たときに道は聞いたし、なにも問題はないはず。
　現にこうやって来られているし。
「ダメだよ、冷夏ちゃんは龍皇の姫なんだから」
「おいっ！」
　そのとき、倉庫のドアが勢いよく開いた。
「……はぁはぁ。れ、冷夏がどこにもいねぇんだけど。教室にもいねぇんだよ。みんなで捜しに……って」
　……えっと。秋？

「れ、冷夏？」
　あたしの顔を見ると、秋は「はぁぁぁ」と息を吐いて床にへたりこんだ。
「……ビビッた。本当に心配した。おまえ、なにひとりで来てるんだよ」
「え、えっと……ごめんなさい？」
　突然言われたから、とりあえず謝った。
「なんか、あたしが悪いみたいだよね」
「みたい、じゃなくて、そうなんだよ！　おまえは龍皇の姫なんだぞ」
　あ、それ……。
「春斗にも同じこと言われた」
「……自覚しろよ」
　本当に困った顔で疲れ果てている彼を見て、うなずくしかなかった。
　すると「おつかれー」と言いながら、倫が倉庫にやってきた。
　倫はあたしを見るなり……。
「じゃあ幹部室に行こうか」
　と言って、あたしの腕をつかんだ。
「へ……？」
　下っ端くんたちとあたしの声が重なる。
　端から見れば、手をつないでるように見えなくもない。
「あぁ、ごめんね？　連れてってあげようと思って、思わずつかんじゃった」

倫はテヘッと笑いながらそう言うけど、まったく離す気配がない。
　人のいい倫だから、きっとあたしが迷子になるとか思ったのかな。
「ありがとう。でも大丈夫だよ」
　あたしは、倫の手をそっとほどいた。

隠(かく)した想い—秋side

「チッ……」
　なんだよ、今の。
『連れてってあげようと思って』
　本当にそうだろうか？
　冷夏の手をつかんだ倫は、あまりにも切なそうだった。
　コイツ、冷夏のことを好きなのか。
　そのとたん、なにか黒くモヤモヤッとしたものが渦巻(うずま)き、心を支配した。
「……またかよ」
　……なんなんだよ。
　涼太に言われたときにも感じた、この得体の知れない気持ちは……。
　冷夏を渡したくない。
　そんな気持ちになるし、同時に、冷夏を見るな、冷夏に触るな、とも思う。
　独占欲というのだろうか。
『ありがとう。でも大丈夫だよ』
　そう言って冷夏が倫の手をほどいたのを見て、安心してしまった俺の気持ちは……いったいどこをうろついているんだろう。
「えっ、あ、ごめんね？」
　我に返ったように、倫はパッと冷夏から離れる。

おいおい、無意識の行動かよ。
タチ悪すぎるし……なんかずるい。
直接、聞いてみるか？
「とりあえず、冷夏は自分の部屋に行っとけ。……幹部は、幹部室に来い」
「え、えぇ……」
なぜ自分だけ呼ばれないのか、冷夏は少し眉をひそめたが、聞かれたくない話なのかとすぐに理解したようだ。
「わかった。今日ホテルを探さなきゃだから。遅かったら帰るね？」
「……悪いな」
「気にしなくていいよ」
彼女はそう言い残して２階の端の部屋へ消えていった。

それから、俺たちは幹部室に集まった。
倫がそっと手をあげ、話しだす。
「なんとなくだけど、話はなんのことかわかるよ。沢原さんのことだよね？」
そう言ってきた倫に驚いた。
そんな俺とは逆に、倫はほほえんでいる。
「俺が、沢原さんの手を握ったこと……そんなに動揺した？」
手を"つかんだ"のに、わざわざ"握った"と言ってくるなんていやらしいな。
思わず眉間にシワが寄る。

すると、倫は急に真面目な顔になった。
「秋、沢原さんのこと、好きじゃないんだよね？　狙っていい？」
　……倫。
　なんとなく、聞かれるような気はしていた。
「あかん！　そりゃあかんで！」
　涼太が口を出した。
「おいおい、マジかよ」
　雨斗はようやく話の意味がわかったらしく、目を丸めている。
　涼太と倫の気持ちに一切気づいてなかったらしい。
「え、雨斗気づいてなかったの？　俺はすぐにわかったけど」
　春斗が嫌味たらしく言うと、雨斗は眉をしかめてプイッと横を向いてしまった。
「すねるなよ」
　俺はそう言ってみるけど、雨斗は一度ひん曲がるとすぐには機嫌を直してくれない。
「で？」
　そんなやりとりの中、春斗の声でみんなが静まる。
「秋は、なんでみんなを集めたの？」
　……は？
「そーいやそーやなぁ」
　……そうだ。たしかに幹部室に集めたけど……。
「……なんでだ？」

思わずそう言ってしまった。

よくよく考えてみると、俺はなぜみんなを集めたのだろう。

なんか、あの光景を見たら思わず集めていた……という言葉がぴったりだ。

沈黙の中、それを壊したのは涼太だった。

「なんやー。秋もか！」

……俺"も"？　なにがだ？

ところが、「それなら納得」とみんなは言う。

俺には、なにがなんだかさっぱりわかんねぇんだけど。

「さすが俺らの総長。鈍感野郎だ」

おい春斗。誰が鈍感野郎だよ。

「秋、じゃあ質問するけど。もしも倫と冷夏ちゃんが付き合ったら？　どう思う？　うれしい？」

「んなわけねぇだろ」

「お、お……」

俺が即答したことに4人は驚いている。

「そこまで即答できるなら……俺がなにを言いたいかわかるよな？　っと、ヒントはここまで。あとは自分で考えろよ、総長さん」

春斗はそう言うと、「じゃあ、先に帰るな」と言いながら幹部室を出ていった。

気づいてないわけではない。

でも、俺に幸せになる資格はないんだ。

親子合同遠足―秋side

"幸せになる資格はない"
自分にそう言い聞かせてから2週間が経った。
「じゃあ、俺はそろそろ行くな」
学校が終わり、今日も放課後はずっと倉庫にいた。
「冬歌ちゃんのお迎え?」
「あぁ」
俺は倫の質問に少しそっけなく返すと、幹部室を出る。

「パパァ〜!」
俺を見るなり駆けよってくる冬歌。
砂遊びでもしたのか、頬が泥で少し汚れている。
「冬歌、先に先生にあいさつしないとな?」
相変わらず、先生たちは俺のことをあまりいい目で見てくれていないが。
「せんせー、さよーならー」
「冬歌ちゃん、また明日ね」
さすがに冬歌にはニッコリとほほえむ。
……まぁ、子どもは悪くないしな。
俺はそんな先生たちにペコリと頭を下げると、冬歌の手を取る。
ゆっくりと、冬歌の小さい歩幅に合わせて歩き出す。
「ねぇ、パパ〜?」

「ん？」
「パパは、えんそく、くる〜？」
「遠足？」
　そんなのは初耳だ。
「それは……、パパも行くのか？」
　保育園の遠足って……、親も行くものなのか？
「うん！　ふぅーとね、パパとだよ！」
「そ、そうなのか」
　俺は冬歌の頬の泥を落としながら、内心焦っていた。
　いつも冬歌に我慢させてばかりだから、参加したい。
　冬歌は人見知りだけど、仲いい子のひとりやふたりはいるみたいだし。
　友達と遠足……行きたいよな。
「……パパ、やっぱりいけない？」
　首をかしげて、泣きそうになる冬歌。
　冬歌にまで気を使わせるなんて、パパ失格だよな。
「行くよ。冬歌、一緒に遠足行くか！」
　そう言うと、さっきまでの表情は嘘のように晴れやかになり、「うん！」と満面の笑みでほほえんだ。

「……嘘だろ」
　冬歌と一緒に、遠足に行くことを決めた翌日。
　龍皇の幹部室にて、俺は抜け殻のようになっていた。
「秋？　どないしたん？」
　なんだ、涼太かよ。

いい相談相手を探したいが、とりあえず涼太にも聞いてみるか。
「おい。これ、どー思う？」
　そう言って、俺は涼太に手に持っていた紙を見せた。
「親子合同遠足のお知らせ……？」
　涼太は目を丸くする。
「これに行こうと思うんだ。冬歌も行きたがってるし」
「行ったらえーやん。なにが問題なん？　秋が兄ちゃんやのーて、パパやっちゅうことは、もうほとんどの親が知っとるやろ？　ならえーやん」
　俺も、そこはあまり気にしていない。
　人の目なんて気にしていたら、暴走族の総長なんてできないし。ただ……。
「弁当……なんだってよ」
　俺は、はぁ～とため息をつく。
　涼太も俺が悩んでいる理由がわかったようで、「秋、苦手やもんなぁ」とつぶやいた。
　冷凍食品をつめこんでもいいんだが……。
　保育園児に、しかも遠足に、できればそんなことはしたくない。
　涼太が俺の肩に手をポンと置く。
「あと３日やな……。がんばりぃや」
　それはつまり……あと３日で弁当を作れるようになれということか？
　……がんばれば、いけるよな？

俺はそう信じて、冬歌を迎えに行った。

　いつもどおり、弁当屋で夕飯を買って帰った。
　最近、ホテル街からは少し離れた場所にあるアパートを借りた。
　学生の俺でも借りられるようにと、マスターに紹介してもらった物件だ。
　家についたとたん、冬歌は靴を脱ぎ捨てダッシュした。
「おい、冬歌」
　そう言うと、ショボンとした顔で玄関に戻ってくる。
　そして、急いで靴をそろえ、またダッシュした。
　冬歌のこの行動には理由がある。この時間、小さい子に人気の魔法少女のアニメが放送されるからだ。
　冬歌もそれにハマっているため、テレビに釘づけだ。
　テレビが備えつけのアパートでよかったと思う。
　そのとき、冬歌がふと、とんでもないことを言いだした。
「ふぅー、これたべたい」
　冬歌が指をさしているのは、あきらかに魔法少女だ。
　なんで、このテレビの中の魔法少女を食べたいなんて言いだすのか……。
　その理由は、すぐにあきらかになった。
「……ちーちゃんのおべんと。これだって」
　それはいわゆる、キャラ弁ってやつか？
「ふぅーも、ダメ？」
　つまり冬歌は、キャラ弁がいいのか？

俺に作れるだろうか。いや、ほぼ不可能に近い。
　……だけど、俺はコイツの願いを1回もかなえてやったことがない。
　がんばってみるかな。
　俺はそんな甘(あま)い気持ちで、「ん、わかった。作ってやるよ」と返事をしてしまった。

　翌日、俺は書店をまわって、キャラ弁の作り方の本を探した。
　学校でも倉庫でもその本を持ち歩き、暇(ひま)さえあれば読むという俺の姿を見て、みんなにどれだけ爆笑されたんだろう。
　そしていよいよ、遠足前日の夜。
　俺はキャラ弁作りに取りかかった。
「……マジかよ」
　まず、海苔(のり)をキャラの髪型に合わせて切るだけで何時間もかかった。
　目や、ご飯で作る顔の輪郭(りんかく)……。
　どれも、俺には難易度が高すぎた。
「……いってぇ」
　包丁を握るたびに、どこか切ってしまう。
　俺は、そんな自分の不器用さにあきれながらも、黙々と作業を続けた。

「で、できた」

前日の夜から始めたキャラ弁作り。
　　　完成したときには、もう朝の5時をまわっていた。
　　　終わったとたん全身の力が抜け、すさまじい睡魔に襲われる。
「……寝るか」
　　　俺はそのまま深い眠りについた。

「……パ、……パパ！」
「うぉっ！」
　　　冬歌の声で跳ね起きる。
　　　え。……今、何時だ？
　　　俺は、そばにあった時計を見る。
「じゅ、10時……」
　　　朝8時に集合の親子合同遠足。
　　　確実に、遅刻だ。
「ごめん、冬歌……。今から行くか？」
　　　最悪だ。
　　　冬歌の楽しみにしていた遠足に寝坊だなんて……。
　　　冬歌、怒っちまうだろうか。
　　　……だけど、そんなことはなかった。
「ふぅー、えんそく、いかない」
　　　……は？
「え、ご、ごめんな冬歌。けど、途中からでも平気だろうから、行こう。な？」
　　　途中からじゃ行きにくいもんな、ホントごめんな。

やっぱり、ガラにもないことするんじゃなかった。
　落ちこむ俺に、冬歌はそっと首を振った。
「ちがうよ。ふぅー、パパががんばったおべんと、たべられればいーの。おうちで、たべてもいーい？」
　そう言った冬歌に、俺は少しうれしくなった。
　弁当作りも、たまにはいいのかもしれない。
　1歩、パパへと近づいた気がした。

近づけた瞬間

「なぁー！　龍皇でどっか行かへん？　遊園地とか！」
　幹部室に涼太の声が響いた。
「へぇ、いいんじゃない？」
　真っ先に賛同したのは倫。
「……めんどい」
　雨斗は行く気なさそう。
「なあ、冷夏も行きたいやろ？」
　ここであたしに話が振られる。答えはもちろん……。
「却下」
「なんでや!?」
　そんな剣幕で迫らないで。
　それに、理由ならちゃんとある。
「お金ないから」
　あたしはバッサリと言いきる。
　これでもひとりで生きているの。
　遊びに使うお金なんて、ない。
「おごっちゃる！」
「却下」
　おごられるのなんてもってのほか。絶対にイヤ。
「じゃあ、どないすればええねん！　ちょっと生活費を節約してやー」
　……って言われても。

「あたし、バイトで稼いでるのは食事代だけなの。まさか遊ぶために食べるな、とは言わないよね？」

　泊まるのは、いつもマスターのホテルか倉庫。

　だから、食事代しかいらない。

　メイク道具は買わないし、服も制服があるから、ほとんど買わない。

「……うぅ」

　しょげる涼太。

「あきらめろよ。というか驚いた。冷夏ちゃん、バイトしてたんだね」

　春斗は少し意外というふうに言う。

「働かないと、食べていけないからね」

　学校のお金とかは、親の残したお金をちょこちょこ使わせてもらっているけど。

　さすがに食費は稼がなきゃいけない。

「冷夏ちゃん、どこでバイトしてるの？」

「駅前のファミレス」

　結構人気のある有名チェーン店。

「冷夏がファミレスでバイトとはな」

　そんな驚くこと？

「沢原さん、今度バイト先に行ってもいい？」

　倫がニッコリとほほえんだ。

「別にいいけど。あたしには会えないと思うよ？」

「なんでだよ」

「え？　だって……」

理由を言いかけたとき、あたしのポケットが震えた。
　スマートホンを取り出し、メッセージを見る。
　急きょバイトに来られなくなった人のフォローに入ってくれとのことだった。
「バイト入った。帰るね」
　あたしがそう言うと、みんな一瞬驚いていたけど、すぐに「いってらっしゃい」と声をかけてくれた。
　あたしは倉庫を出て、駅に向かって歩き出した。

「いらっしゃいませー」
「ありがとうございましたー」
　明るい声が店内に響く。
　もちろん、あたしのではない。かわいい先輩のだ。
「沢原さんもホールに出ればいいのに」
「いえ、あたしは皿洗いが好きです」
　この先輩は、あたしがどんなに無表情でも優しく話しかけてくれる。
　笑いかけることはできないけど、この先輩と話すのは結構気がラクで好き。
「整った顔してるのに。笑ってみてよ」
「無理です」
　そう。あたしはホール担当ではなく、裏方。
　だからさっき秋たちに、会えないと思うって言ったのだ。
　週に４回あるこのバイトは、かなりのお気に入りだったりする。

「じゃあ、あたしは裏に戻ります」
「はーい。沢原さん、いつかホールに来てよ?」
あたしは先輩のその言葉にうなずくことはせず、裏に戻った。

それから数日後。今日もバイトの日。
いつもどおり、裏で皿洗いしていると……。
「きゃぁぁぁぁあ」
悲鳴が聞こえて、あたしはのぞきに行く。
お客さんになにかあったのかもしれない。
「あ……」
するとそこにいたのは、龍皇のみんなだった。
突然イケメンたちが現れて、ホール内は騒然としている。
みんなのもとへ駆けよると、秋が突然あたしのほうへ手を伸ばしてきた。
思わず目をつむると、秋の指はあたしの頬を滑った。
「泡がついてた」
「……あ、ありがとう」
なんか恥ずかしい。
「冷夏、裏方だったんだな。なんか、冷夏らしくて安心した」
秋はそう言って、あたしにほほえんだ。
「冷夏ちゃんのこと、またひとつわかったな」
春斗がそう言う。
……少し、龍皇の姫に近づけたかな。
そんなことを考えていると、心が温まっていく気がした。

5章

気づいた恋心

　龍皇の姫になって、数カ月たった。
　いたってなにもない日々が続いている。
　あれから、倉庫には週1、2回のペースで通っている。
　とくにこれといった理由はない。
　ただ、下っ端とか幹部のみんなと話すだけ。
　……でも最近、秋とは会えていない。忙しいみたいで、雨斗と総長室にこもっている。
　雨斗は天才的なハッカーらしいから、きっとなんか調べているんだと思う。
　春斗たちからボソッと聞いた話では、目をつけていたふたつの暴走族が、まさかの合併で急激に強くなってきているんだとか。
　しかも、情報がすっかり隠されてしまったらしく、その収集のために秋と雨斗は忙しいらしい。
　それは仕方のないことだよね。
　……それなのに。
　なぜ、会いたいと思ってしまうの……？

「……暑い」
　もう7月後半。
　蒸し暑い中、この日もあたしは倉庫に向かっていた。
　そのとき。

「……いたっ」
　激しい頭痛に襲われた。
　頭の中に流れる映像。
　フラッシュバックのような感覚……いや、それ以上だ。
　あたしは立ちどまってスマートホンを取り出すと、震える指で電話をかけた。
『――もしもし』
　耳もとに響いた声だけで安心するあたし。
「……ごめっ……。秋、助け……て」
　そして、あたしは意識を手放した。

『キレイだな』
　あたしの記憶に、秋ではない"彼"の声が響く。
　あれ……。ここ、どこよ……？
　あたしの体は異空間にいるみたいにふわふわ浮いていて、とたんに不安になる。
「……っ、誰か！」
　あたりを見まわす。
　けれど、どこを見ても、なにもない。
　ただ、どこまでも白い異空間が続いているだけだった。
　怖い……っ！
「助けくよ……秋……」
　思わずそうつぶやく。
　なんで、秋の名前を呼んでしまうのだろうか。
　なんで、会えないと寂しいと思ってしまうのだろうか。

なんで……。
　なんでこんなに、秋が愛しいの？
　秋の笑った顔が好き。
　あたしのことで、怒ってくれる秋も好き。
　あたしを、見つけてくれた秋が好き……。
　あぁ、そうか。
「あたし……秋が好きなんだ」
　きっと、出会ったあの夜から惹かれていたんだ。
　真っ白な空間。
　秋への気持ちを自覚しただけで、世界がピンク色に染まったような気がした。
　けれど、彼は暴走族。
　あたしなんか、一緒にいられない。
『冷夏！　俺が守ってやるから！』
　……え？
　ちがう。秋じゃない。
　秋じゃない誰かの声。
「……誰」
『おい冷夏ー、日焼けどめしとけよー』
　あれ、これはさっき頭が痛くなったときに見たフラッシュバックの前後っぽい。
　あたし、誰かを忘れているの？
　両親だけじゃない誰かを、忘れているの……？
「イヤ……」
　思い出したくない。これはきっと、絶対につらい過去だ。

『冷夏ー』
　あたしを呼ぶ声。
　あたし、この声が誰のものなのか知っている。
『冷夏、白いな。キレイだな』
　──ズキッィィィィィィイ。
　頭が……割れそうに痛い。
　あたしの中に、映像が流れこんでくる。

忘れた理由

『いってきます』

『いってらっしゃい』

　あぁ……この人、あたしのお母さんだ。

　笑顔で玄関から出ていくのは……あたし？

『おはよう、沢原さん』

『……おはよう』

　このときもかなり控えめだったし、人とつるむことは好きではなかったけど……。

『冷夏ー！　今日の放課後どっか行こっ』

『あ、美那(みな)！　うん、行く！』

　──美那。

　その存在は覚えている。中学のときの友達。

　……中学では、ちゃんと友達いたんだな。

　端っこ系の少人数のグループだけど、友達がいたから中学時代は充実(じゅうじつ)していた。

『あ、授業始まっちゃうっ！　先生、あの小野沢(おのざわ)先生だから遅れたらヤバいよ』

　美那は『早く行こ！』とあたしに声をかけて、一緒に教室を出た。

　生徒たちに怖いと恐れられているのは、理科の小野沢先生だ。

　ってことは、あたしはこのとき中学2年生だ。

小野沢先生は、２年のときしかいなかったから。
　この日、最後の理科の授業中……。
　——パリンッ！
　理科室で大きな音がした。
『ゴルォラァァァァ！　てめえなに割ってんだよ！』
　小野沢先生の怒鳴り声が聞こえた。
『ヒィッ!!』
　どうやら試験管かなにかが割れてしまったみたい。
　この先生の授業でそんなことやらかすなんて、よほどの挑戦者だ。
　音がしたほうを見ると、ひとりの男子が割れた試験管を前にぼうぜんとしていた。
『学校のもんを壊しやがって！』
　キレ続ける小野沢先生に、みんなは〝今日は居残り説教だな〟と確信。
　さっき授業終了のチャイムが聞こえたけど、まだ理科室にいるし。
　ところが……。
『……ざけんな、先公だからって！』
　大声で怒鳴っている小野沢先生を、突然その男子が殴ったのだ。
　みんな固まった。だって、あの小野沢先生にっていうのもあるけど、中学生が先生を殴りつけたのだから。
『……おい、おまえ！』
　小野沢先生が怒ると、その男子生徒は〝やってしまった〟

というように少し肩をビクつかせた。
　ところが、
『警察に突き出してやる！　てめぇの内申書も最悪にしてやる。高校なんか行けないようにしてやる！』
　と、小野沢先生が叫ぶものだから……。
　その男子は、もう一度、小野沢先生を殴り、
『おまえみたいなクソ教師に、俺の人生をグチャグチャになんてさせねぇよ！』
　そう言い残して教室から出ていった。
『やべぇよ、おい』
『アイツ……なにやってんだよ……』
　まわりは口々に言うが、たぶんこのときのあたしはきっと『小野沢先生も言いすぎだよ』って思っていたと思う。
　その男子は、みんなにそこそこ人気はあった。
　だからだろうか……。
『俺、アイツを追いかける！　アイツが警察に行くなんてイヤだ！　みんなも行くぞ!!』
　ひとりのリーダー的存在の男子が叫ぶ。
　その声に、ほとんどのクラスメイトが賛同。
『ねぇ、冷夏も行こ？』
　声をかけてきたのは、美那。
　そっか……。美那、第一声をあげた彼のことが好きだもんね。
『うん、いいよ』
　あたしたちは、クラスメイトと一緒に昇降口へ向かった。

——あぁ。
　思い出したよ。
　あたし、この日……"アノコト"を知ったんだ。
　あたしの人生と"彼"の人生を、決して交差させないようにした出来事。
　このときのあたしに言いたい。
　そのことを知ってはダメ。つらい運命が待っているからって。
　そう願う今のあたしをよそに、このときの"あたし"は、昇降口から外へ出た。

　——ドゥルルルル……。
　校庭に響くバイク音。
　そこには、バイクにまたがった３人のいわゆる不良、ヤンキーみたいな人たちがいた。
　そして……その中のひとりに、さっき教室から逃げていった彼は捕まっていた。
　その様子を見に、校庭に続々と人が出てくる。
　窓からもみんなが顔を出している。
　その注目度は、全校生徒はもちろん、先生や校長先生までも見ているほどだった。
『ねぇ、美那……。たしかにヤンキーみたいな人たちだけど、そんな注目することなのかな？』
　隣にいた美那に聞くと……。
『……嘘でしょ』

あたしの言葉なんて届かず放心状態。
『美那ー?』
あのときの美那の言葉を聞かなければ、その後の運命は変わった?
いや、変わらなかったかもしれない。
きっとあたしたちは、そういう運命だったんだ。
『……なんで龍皇が……しかも、総長の魁さんが!?』
え……。
魁……さん?
一瞬ヒヤリとした。
だって、あの人と同じ名前。
『美那……魁さんって誰よ……。それに……龍皇って? 総長って?』
このときの"あたし"は美那に問う。
普通、名前が同じってだけでは疑わない。
"あたし"の知っている魁ではない。
そう思うのに……胸騒ぎがする。
美那に問いただしている間に、ヤンキーたちがゆっくりと近づいてくる。
そして、偶然目が合った、"あたし"たちの前に来る。
顔を上げられない。
上げたら、なんとなく……すべてが壊れる気がしていたから。
けれど、そんな"あたし"にお構いなしに、彼らは話しかけてきた。

『なぁ、コイツ……どうすればいい?』
　リーダーっぽい人ではなく、その隣の人が聞いてきた。
『せ、先生か誰かに渡してもらえますか』
　ちょっと声が裏返った。……あたしらしくない。
『おいおい。怖がんなよー』
　そう言われても……。
　もしも……魁だったら?
　……魁は、"あたし"の幼なじみ。3つも上だけど。
"あたし"は魁が好き。
　魁も"あたし"が好きと言ってくれた。
　魁は、幼なじみであり、彼氏。
　……なんで忘れていたんだろ。
　魁"さん"、なんて呼んでしまって。
　お父さんの知り合いとか言ってしまって。
　最低だね、あたし。
『……ところでさ、キミかわいいよね』
　映像の中の"あたし"は、ヤンキーな人に声をかけられている。
　……あれは、たしか"海"くん。結構思い出してきた。
『おい、海。ナンパすんなよ。困ってるじゃん』
　そう言った……聞き覚えのある声。
"あたし"はそっと顔を上げた。
『魁……』
『れ、冷夏……』
　ねぇ、魁? 龍皇ってなに?

なんでなにもあたしに言ってくれなかったの？
　知らないことだらけだよ……。
　ねえ、魁……教えてよ。
『冷夏……なんでここに……』
『……なに、言ってるの。ここ、あたしの中学校だよ。魁も、ここの出身だったじゃん』
　声が震えてしまった。
　なんでここに……なんて、あたしが聞きたい。
『か、魁。あたし、なにも知らないの。龍皇ってなに？　それに、総長って』
　あたしと魁は……付き合っているんだよね？
　それとも、３つも下だからそうは見えない？
　遊びだったなんてことは……ないよね？
　魁は目を合わせてくれない。なんで……。
　小さい頃から一緒で、３つちがうのもまったく気にならなかった。
　でも、やっぱり……ダメだったの？
　魁は、そう見てなかったの？
　そんなことあるわけないって思っているあたしもいれば、でも……って思うあたしもいる。
『……ごめん、美那。あたし、帰るわ』
『え？　へ？　ちょ、冷夏!?』
　あたしは正門とは逆方向に歩いて裏門を目指した。
　魁は、追いかけてもこないし、あたしに声をかけることもなかった。

あたしはこの日の帰り道、ひとり涙を流した。
　家に帰り、ベッドにふせていたあたし。
『冷夏？　どうしたの？』
　お母さんが心配そうに声をかけてくれたけれど、顔も出さなかった。
『……なんでもない。少し寝る』
　そしてそのまま夜になった。そんなとき……。
『冷夏……魁くんが来てるわよ……』
　お母さんが部屋に来た。
　魁が来ている？
　どうしよう。行くべきなのかな……。
　けど、話ならしっかりつけてきたほうがいいよね。
　あたしはそっと部屋を出た。
　息を切らした魁は、あたしを見るなり抱きついてきた。
『……魁』
『……わりぃ、冷夏』
　……突然謝らないで。
　別れるみたいなこと、言わないでよ。
『大事な話がある』
　そして、来てくれるか？と言った彼に、あたしは小さくうなずいた。
　彼の後ろには大きなバイク。
　バイクのことはよくわからないけど、どう見ても普通のではなさそう。
　そして、彼にひょいと体を持ちあげられ、あたしはバイ

クにまたがった。
『しっかり、つかまってろよ』
『うん……』
　そうして乗ったバイクからは、改造したと思われる音が聞こえた。
　流れる景色と、魁の温もり。
　秋の背中で、乗ったことがあるような気がしたのは、気のせいじゃなかった。
　やがて、倉庫についた。
『か、魁……？　このたくさんの……』
　ヤ、ヤンキー？
　金髪やら赤髪にした人がたくさんいる。
『俺の……仲間だ』
　仲間？　この、ヤンキーっぽい人たちが？
『え、魁……。わからないよ。ちゃんと説明して？　龍皇ってなに？』
『冷夏がこの世界のことにはうとかったから、黙ってたんだ。ごめんな』
　……うとい？　この世界ってなによ？
　魁は、どの世界にいるの？
『え、冷夏ちゃん、龍皇を知らないの!?』
　そう言ったのは、海くん。
　このときのあたしはまだ初対面のはず。
　さっきのナンパらしきことは置いておいて……。
『……知らなきゃ、いけないの？』

海くんに気安く"ちゃん"づけで呼ばれて、いつもなら突っかかるところをあたしはスルーして聞き返した。
『やめろ、海。コイツは本当に知らない』
　魁は、そう言って間に入ってくれた。
　これから、"あたし"は彼の……立場、本当の姿を知ることになる。

「……ハァ、ハァ」
　あたしはガバッと目を覚ました。
　そこはたしかに白い空間だったけど、怖いところじゃなくて……。
「こ、ここは？」
「病院だ」
　この声は。
「あ、き？　なんでここに」
「なんで、なんて言うな。おまえが電話で俺を呼んだんだろ」
　あれ、そうだっけ？
「あたし、無意識のうちに電話していたんだ……。ごめんなさい」
「謝んな。いつでも頼れよ」
　そう言ってあたしの頭をなでる彼に、やっぱりドキドキするあたし。
　そのとき、病室のドアが開いた。
「冷夏……ちゃん、目が覚めた？」
　一瞬あたしを呼び捨てにして、あとから"ちゃん"をつ

け足した人。
　……魁も来てくれたんだ。
　魁の登場に、あたしは泣きたくなる。
　だってあたし、すべてを思い出したの。
　あたしは魁を見てから秋を見た。
　だけど、秋は魁の登場に驚いていない。
　たしかにそうだよね。
　あたしが思い出したことが正しいのなら、魁は龍皇の前総長だものね。ふたりは知り合いのはず。
「……秋、少しの間、外に出ててもらえる？」
　あたしの言葉に、ふたりは驚きの表情を浮かべる。
　だけど、秋は「おう」と言いながら病室から出ていった。
「どうしたの？　冷夏ちゃん」
　ふたりきりの部屋で、魁は不思議そうに、だけど、ちょっとソワソワしている。
「……冷夏って。呼んでよ。……前みたいに」
「冷夏、思い出したのか!?」
　一瞬うれしそうな顔をした魁だけど、また顔を曇らせた。
「……あのことも、思い出したの？」
「うん……」
　あたしは、魁が暴走族だったこと、そしてあたしたちは付き合っていたということとは別に、"あること"も思い出していた。
　それは、とても……とても悲しい過去。
　あたしが、魁を忘れた理由でもある。

2年前の悲しい出来事

　当時のあたしは、魁から暴走族の総長ということを聞かされて、すごく驚いた。

　それに、彼が今まで黙っていたことにショックを受けていた。

『けど、俺は冷夏が好きだ』

　だけど魁がそう言ってくれたから、あたしは魁と付き合い続けることにした。

　だって、あたしだって大好きだもの。

　驚いたのは、お母さんとお父さんは、あたしと魁が付き合っていることも知っていたけど、彼が暴走族の総長であることも知っていた。

　あとで聞いたらお父さんとお母さんは、あたしが魁と付き合う前から知っていたみたい。

　それだけ、魁は有名な人だった。

　あたしだけが知らなかった。

　お父さんもお母さんも、魁だからって暴走族と付き合うことになにも言わないなんて。

　魁から暴走族の話を聞いた数日後、魁があたしの家にやってきた。

『冷夏……一緒に来てくれ』

　そして、倉庫に誘われた。

　倉庫にはもう何回も来ているから、そんなに改まること

はないのに。
　いつもより少し緊張している魁が不思議だった。
　すると、魁はあたしにギュッと抱きついてきた。
『え……急にどうしたの……よ？』
『冷夏……俺らの姫になってくれ』
　……ひ、め？
　そこから姫の説明を受けたあたし。
　ただし、"説明" と言っても、かなりざっくり。
"俺らに守られてればいい" のひと言だけだった。
　それを聞いたあたしは、"姫" として魁たちに守られる存在となるのかな……？
　そう理解した。
　そう思うとうれしくて、恥ずかしくて、仕方がなかった。
『なってくれるか？』
『うん……』
　そう返事をすると、魁はギュッと抱きしめてきた。
『絶対に守るから……』
『うん……』
　あたしも魁を抱きしめ返す。
　……だけど、これがすべてのまちがいだった。
　うなずいちゃ、いけなかったんだ……。

　そして、あたしが "姫" になって1カ月ほどたった日。
　あたしは倉庫にいた。
　龍皇の仲間にも温かく迎えいれてもらい、さらに魁とも

うまくいっていて、幸せで充実した日々だった。
　だけどその日、ある抗争が起こった。
『魁さんっっ!!』
　総長室であるにもかかわらず、ドアを躊躇なく開けたのは下っ端くん。
　当然、あたしは魁と一緒にいた。
『大変ですっ!!　蛇王が乗りこんできました！』
『なに!?』
　蛇王……。それは、あたしでも知っている族だ。
　この１カ月間に蓄えた知識だけれど、蛇王はひと言でいうと"悪どい族"。
　武器の使用がハンパないらしい。
　たまに銃も持っているとか……。
　そんな族が龍皇に乗りこんできたという。
『魁……平気なの？』
　部屋から出ていく魁の袖を思わず引っぱる。
『大丈夫だ』
　でも、まるで子どもをなだめるようにかわされてしまった。
　あたしは、魁の袖からそっと手を離す。
　それからは、すごい物音と喚き声。あたしは耳をふさいだ。
　ガラッ──。
　すると、勢いよく総長室が開いた。
　そっと顔を上げると、そこには、あたしの知らないとて

も怖そうなヤンキー。
　目を見開いたけど、その彼も目を丸くした。
『龍皇に、女!?』
　その瞬間、しまった、と思った。
　あたしの存在は秘密だった。
　姫になるとき約束したんだった。
　ほかの族に狙われないように、姫ということは龍皇のメンバーにしか知らせない……と。
　だけど、知られてしまった。
　しかも、蛇王に。
『ハッハッハッ!!　まさか姫がいたなんてなぁ……グェッ』
　突然男の高笑いが止まり、床に倒れこんだ。
『う、海くん』
　海くんの一撃がきいたみたい。
『ごめんね、冷夏ちゃん!　知られちゃったか……。魁、ごめん』
　龍皇は人を殺したりはしない。本当なら、あたしが姫であることを知った彼の口を封じなくていけないのだろうけど、そんなことはしない。
『……あたしは、大丈夫』
　笑顔で返したけど、この日が悪夢の始まりだった……。
　ある夜は、誰かにつけられた。
　ある夜は、連れていかれそうになった。
　でもそのたびに、魁や龍皇のみんなが助けてくれた。
　そして、そんな日々にやっと慣れてきたのは、姫である

ことがバレてから3ヵ月たった頃だった。
　最近では、嫌がらせも減った気がしていた。
　毎日緊張していた神経を、やっと少しは休めることができる。
　そう思ったら、自然とうれしさが込みあげてきた。
『冷夏、最近は？』
　でも、魁は心配そうに聞いてくる。
『ほとんどないよ。もう飽きたんじゃない？』
　本気でそう思っていた。
　──だけど、事件は起こった。

『いってきまーすっ』
『いってらっしゃーい。じゃあね、ダーリン！』
　お母さんに見送られ、あたしとお父さんは新しい家具を買いに出かけた。
　お父さんとお母さんはラブラブ。
　駆け落ち結婚だったらしい。
　だから、ふたりとも家族とは縁を切っていて、あたしは親戚を知らない。
　それでも幸せな日々。
　お父さんとあたしは家を出て車に乗ると、まっすぐホームセンターへ向かった。
　この日は充実した買い物をして、あとは配送業者に任せ、あたしたちはさっさと帰宅することに。
　家を出たのがお昼をだいぶ過ぎた頃だったので、買い物

を済ませて店を出たときあたりはもう暗くなっていた。
　——ドゥルルル。
　車に乗って少しすると、すさまじい爆音で走るバイクの音が聞こえた。
『なんの音かね？』
　お父さんは不思議そうに言う。
　だけどあたしはこの音を知っている。
『きっと……暴走族だよ』
『へー、冷夏よく知ってんなー！　魁くんの影響か？』
　まぁそんなところ、と答えながらも、心はちがうところを向いていた。
　背後から追いかけてくるようにやってくる音。
　不安で仕方ない。
　もしかして……蛇王がまた来たの？
　そう思ったけど、最近蛇王はあたしになにもしてきていない。
　だから大丈夫。
　あたしはそうやって自分を安心させると、お父さんのほうへ顔を向けた。
『早く……帰ろ？』
『おー』
　お父さんの能天気な声がした直後だった。
『キャァァァァァ』
　背後で大きな悲鳴が聞こえた。
　そしてなにかが壊れるような音。

『なんだろう？』
　あたしが振り向いた瞬間……。
『危ないっ!! 』
　けたたましい音がしたと同時に、温かみのある重いなにかがあたしの体を覆(おお)った。
　一瞬、意識を失いかけてハッとした。
　なにが起こったのか、すぐにはわからなかった。
　いったいなにが……？
　全身が痛い。
　……けど、その痛さは、道路に叩きつけられたための単なる打ち身。
　なにかがあたしに覆いかぶさっていて、手探りにつかめるものを探した。
　そのとき、あたしの手がヌルッとした生温かい液体をとらえた。
　うっすらと目を開き……。自分の手を見てすべてを悟(さと)った。
「誰か、あたしを──」
　かばった？
　でも、誰が？
　手にこびりついていたのは真っ赤な鮮血(せんけつ)。
　あたしを抱きしめ守ってくれていたのは　　お父さんだった。

　お父さんの葬儀(そうぎ)が終わり、お母さんが狂い始めた。

お父さんは、突っこんできたバイクからあたしを守り、死んだ。
　しかも、単なる事故じゃない。
　蛇王の仕業だった。
　そう……。
　あたしが、魁と付き合ったから。
　あたしが、姫になったから。
　そう思っているのはもちろんあたしだけではなくて、お母さんもだった。
『かずぅー、かずぅ……』
　結婚前から続けていた仕事を辞め、毎日のようにお酒を飲んでは、和仁……父の名を呼ぶ母。
『お母さん……』
　だけど、あたしにはお母さんを助けることができなかった。
『かずぅ、今行くね……』
　しかも、ある日の夜、お母さんはそう言ってナイフを持ち出したのだ。
　あたしはその瞬間、お母さんに飛びついていた。
『なにすんのよ!?　冷夏、離しなさい！』
『イヤだ！』
　離しなさいと言われたって無理。
　自分の喉にナイフを突きつけている母親なんて、見たくなかった。
『冷夏……あなたのせいで、かずは!!』

お母さんはそこまで叫んでハッとした。
　そして、これまでにないくらい最高の笑顔でほほえんだ。
『じゃあ、冷夏が死ねばいいのね……』
『え……？』
　おか……あ、さん？
　ニヤリと笑うお母さんにあたしは震えた。
　だって……その目は、本気だったから。
『そうよ……あなたさえ、冷夏さえいなければ、かずは死ななかった！　あなたが……』
『キャアァァァァァ……！』
　あたしは左腕を刺された。
　深く、えぐるように刃を突きつけてくる母。
『う……』
　あまりの痛みに、全身の感覚がなくなってしまったようだった。
　あたしはそのまま倒れた。
　意識はあったけど、多量の出血でもうろうとしていたし、なにより左腕を刺されたことによる痛みと恐怖で、全身の自由がきかなくなっていた。
『死……んだ？』
　倒れたあたしを見て、お母さんはあたしが死んだと勘ちがいをした。
『私、人殺しなのね。しかも娘を殺しちゃった。今、行くわね、和仁さん……』
　お母さんは、最期に『かず』ではなく『和仁さん』と最

初に出会った頃のように呼ぶと、あたしの目の前で自殺した。
　声も出ない。
　あたしはその目の前の光景から、目を背けることしかできなかった。
　いつしか、思考もうまく働かなくなってきて……あたし、死ぬの……？
　そう思ったのが最後、あたしはそっと意識を手放した。

6章

揺(ゆ)れる心情

　なんとか一命を取りとめたあたし。
　目が覚めたときには病院にいて、両親のことや魁のこと、龍皇や姫だったことも忘れていた。
　そして、２年後の今。
「どう……すればいいの」
　気づいてしまった秋への恋心。
　２年前までのあたしの想い。
　ずっと……待っていてくれた魁。
　今のあたしに居場所をくれた秋。
　あたしの頭は破裂(はれつ)寸前だった。
　同時に、心にも痛みがあった。
「冷夏。冷夏が好きなのは、秋、だろ？」
「魁……」
　そんなこと言わないでよ。
　あたしが記憶をなくしたせいで、魁はこんなにもつらい思いをしてきたのに。
　その魁に、さらにそんな……。
「今、冷夏は悩んでるんだろ？」
　やめて、それ以上言わないで。
　あたしは、まだ……なにも考えられない。
「ちょっと待って」
　あたしは思わず耳をふさいだ。

記憶が戻った今、すぐには考えられない。
「……ごめん」
　魁はポツリと謝った。
「ちがうの！　謝ってほしいわけじゃなくて……」
「実は……秋には全部話した」
「え？」
「秋には、俺らのこと、冷夏の記憶がなくなっていたこと、言ってある」
　そう言うと、魁はくるりと背を向けた。
「また来るな」
「……うん」

　魁が出ていったあと、あたしは静かに泣いた。
　悔しいし悲しい。
　とてつもない怒りも込みあげてくる。
　もちろんそれは、記憶をなくしてしまったあたしに対する怒りだった。
　涙があふれた。
　あんなに魁を愛していたのに。
　あたしは、なぜ記憶をなくしてしまったんだろう。
　そんな大切な人を、なぜ……。
　今、あたしの心は魁ではなく、秋にときめいている。
　そんなのおかしいよね。
　ずっとあたしを待っていてくれたのは、魁……でしょ？

恋愛終止符─魁side

　冷夏の記憶が戻った。
　だけど、記憶が戻ったからまた付き合えるとか、愛しあえるとか……そんなに甘くない。
　俺は幼なじみだった冷夏に、本気で惚れていた。
　だから、冷夏が記憶を取りもどしたときには、また以前のように恋人同士に戻りたいと思っていた。
　だけど、今の冷夏が思いを寄せているのは……俺じゃない。
　心の中でため息をつく。
　今の冷夏は記憶を取りもどしたばかりで、混乱してなにも考えられないだろう。
　病室からは泣き声が聞こえる。
　だけど今の俺は、こうしてドア越しに聞くしかなかった。
　だって俺は最も大切な人を蛇王から守れなかったうえ、つらい思いまでさせてしまった。
　もしも、冷夏が俺と出会わなければ、アイツは今でも家族で仲よく過ごしていたかもしれない。
　そう思うと、自分の想いを押しつけることなんてできなかった。
　冷夏が記憶を失っていた間、冷夏のパパ……かずさんの知り合いのフリをしていた自分も女々しいと思う。
「覚悟しなきゃ……だよな」

見た感じ、秋は冷夏に惚れているし、冷夏も秋が好きだ。
　俺が譲らなきゃダメなんじゃないか。
　そうだよな。それが、冷夏にできる唯一の償いかも。
「……しょーがないよなぁ」
　俺は冷夏の病室に背を向けて歩き出した。
　——もう、来ないつもりで。

俺たちの姫―秋side

冷夏が目を覚ました。
　……けど、すぐに冷夏に追い出された。
　まぁ"追い出された"とはちょっとちがうけど。
　冷夏が眠っている間、記憶をなくしていたことと、過去のことを魁さんから聞いた。
　冷夏はなにかしら事情をかかえているとは思っていたけど、それは想像以上に深刻なものだった。
「……くそ」
　魁さんと冷夏が恋人同士だったことも、さっき魁さんから聞いたけど。
「譲りたく、ないよなぁ……」
　そんなことを言いつつ、冷夏に告ろうなんて気はさらさらなかったりする。
　なぜか。
　それは、俺が子持ちだから。
　娘がいるからだ。
　恋をするつもりはない。
　小さい冬歌に新しい母親なんて探せない。
　人見知りな性格だから、なおさらだ。
　そんなことを考えていると、病室から『また来るな』と魁さんの声が聞こえた。
　とくに理由はない。

けれど、俺はとっさに隠れてしまった。
　曲がり角の陰からのぞく俺は、はたから見れば不審者。
　だけど、今はそんなこと気にしない。
　魁さんは病室を出ると、病室のドアに寄りかかって切なそうな顔をした。
　しばらくじっとしてから、なにかに弾かれたように歩き出した。
　俺は魁さんの背中を見ながら考える。
　魁さんは、元総長。
　そのときの姫は、魁さんの彼女は……冷夏だった。
　でも。
「今の冷夏は……俺たちの、姫だ」
　持ち前の独占欲のおかげでクヨクヨ悩まずに済んだ。
　俺は、ゆっくり冷夏の病室をノックした。

静寂(せいじゃく)の病室

　——コンコンッ。
「はい」
　返事をすると、ゆっくりドアが開いた。
「あ、秋。ごめんなさい、外に出てもらっちゃって」
「……大丈夫だ」
　あたしは、かけてある布団をそっと隠そうとした。
　だって、涙のあとが残ってしまっていたから。
「……泣いたのか」
　けど、バレちゃったみたい。
　泣くなって言われるのかな。
　だって、泣く女ほど面倒くさいものはないもんね……？
　秋に出会ってから、こんなに弱気な自分がいたことに気づいて驚く。
　自分にまだ、感情があったことにも驚く。
　そしたらまた、あたしの目からしずくが落ち始めた。
「泣いていい」
「……え？」
　秋はそっとあたしに近づくと、親指であたしの目を優しくぬぐった。
「泣きたいときに泣け。じゃないと、そのぶん……おまえの心が、泣くだろ」
　秋らしくない言葉だった。

けど、心がぽかぽかして、顔や全身が熱くなって……すごく……ドキドキする。
　静かな病室。
　胸のドキドキが、秋に聞こえてしまいそうだった。
「ありがとう」
　あたしがほほえむと、彼はそっと頭をなでてくれた。
　そして意を決したように真剣な顔つきになる。
「……秋？」
「冷夏。俺、おまえの過去を聞いた」
　魁が、そう言っていたね。
「冷夏が俺と初めて会ったとき、自分のことは知られているのに自分が知らないのはイヤとかで、俺に自己紹介をさせたよな」
　……そうだったね。
　それがあたしのポリシーだもの。
「……だから、俺も話す」
　そう言った秋の目を、あたしは疑った。
　総長のときの顔でもない。
　冬歌ちゃんといるときの顔でもない。
　ただひとりの、孤独な少年の顔だった。

パパになった日―秋side

　あれは高校1年になってしばらく経った頃。

　俺は龍皇の総長に指名された。

　それまで龍皇の総長は、魁さんだった。

　魁さんは、ある事故があったため、しばらく龍皇を休んでいた。

　そして、結局は辞めることになった。

　事故について詳しく聞いたことはなかったけど、少し聞いた話では、姫が意識不明の重体なんだとか。

　今では納得がいく。

　その姫とは、冷夏のことだったんだ。

　俺は龍皇には中1の頃からいたが、中3の最初から最後まで海外に行っていた。……留学だ。

　冷夏が龍皇の姫だったのは、冷夏が中2の夏から冬まで。

　だから、その頃の俺は冷夏を知らなかったんだ。

　よくよく考えると、春斗たちも知っていたんじゃねぇかと思ったが、春斗は俺の留学中、龍皇に行っていなかったらしい。

　涼太と倫と雨斗は、俺が総長になってから龍皇に入った。

　つまり、誰も冷夏と被っていなかったんだ。

　基本、龍皇の幹部はまとめて全員引退するけど、このときは魁さんだけ急きょ抜けることになった。

　そこで、次世代の総長の教育からやろうとなって指名さ

れたのが俺だった。
　まだ高１のガキが全国ナンバーワンの龍皇を仕切るってことか？
　だけど、先輩たちには逆らえなかった。
　そして俺が総長になってたったの１週間。
　事件が起こる。
『ねぇ秋一。あんた龍皇の総長になったんだって？　大丈夫なの？』
『大丈夫に決まってんじゃんか。俺を誰だと思ってんの』
　俺がそう言うと、はぁ～とため息を盛大につかれた。
『もうその言い方、誰に似たのよ。まだ幼さが残っている口調なのに……』
　俺、幼くねぇし。
　もう立派な高１で、総長ですけどー。
『……龍皇、壊さないでね？』
『いい加減うるさいよ。姉ちゃん！』
　俺がそう言うと、姉ちゃんはなぜかテヘッと笑った。
『いやいや、こういうのを家族団らんって言うのね！』
『言わねぇよ！』
　姉ちゃんはちょっとアホだ。
　勉強はできるんだけどな。
『あ、達樹だっ!!　達樹～！』
　家の２階の窓から大声で叫ぶ姉。
　達樹と呼ばれた男は少し驚きながらも、姉ちゃんに手を振り返す。

姉ちゃんはそのままドタドタと階段を下りると、玄関を開けた。
『やっほ〜達樹！　おかえり〜！』
『はいはい、ただいま』
　達樹さんと姉ちゃんは結婚している。
　俺と姉ちゃんは年が少し離れていて、6歳の差がある。
　達樹さんは姉ちゃんと同い年。龍皇の先々代の総長でもある。
　そして、姉ちゃんは姫だった。
『ご飯にする？　お風呂にする？』
　はい、そこ！　イチャイチャするな。
　……って言いたかったけど、そんなこと俺に言えるはずがない。
　なぜなら、俺はこの幸せカップルの家に住みついているのだから。
　弟がひとり、家にいるといないとでは大きくちがうだろう。
　だから俺はできるだけ、夜は家に帰らないようにして総長室に泊まっていた。
　だって、ふたりの時間は邪魔したくねぇもん。
　……嘘、3人だな。
『あーちゃんっ！』
　そう言って、俺に駆けよる冬歌。
　ギューッとしがみついてくる冬歌は本当にかわいい。
　いや、ロリコンとかじゃねぇよ？

『本当に冬歌は秋が好きだなー！』
　達樹さんはハッハッハッと笑った。
『冬歌の将来は、俺にまかせてくださいよ！』
『バカなこと言ってんな！』
　なんて談笑してる。
　この時間が、俺は好きだった。
　冬歌は、姉ちゃんと達樹さんの子どもだ。
　髪がサラサラとしてパッチリな目は姉ちゃんに似ているけど、優しそうな表情は完璧、達樹さん似だろう。
『しかし、あれだなー。冬歌は保育園じゃほとんど誰にも懐かないってな』
　これは、姉ちゃんと達樹さんの悩みでもある。
　冬歌は人に心を開かない。
　つぅんとして、ひとり突っ立っていることが多いそうだ。
　大抵の保育園児というのは先生とか大好きなものだが、冬歌からそういうものはまったく感じられなかった。
『それは……秋のせいよ、きっと』
　姉ちゃんと達樹さんは、ほほえんでいる。
『なんで俺？』
　親でもないし。そんなことあるか？
『だって秋、まだ高１でしょ？　冬歌からすれば、おじさんっていうより年の離れた兄貴だから、ヘンな影響を受けてるのよ』
『よし冬歌！　兄貴の背中を見て育て！』
『なにを言ってるんすか、達樹さん』

達樹さんはそういう人。
　いつも俺たちを笑わせてくれる優しい人。
　俺はこの４人でいることが大好きだった。
　だけどそんな４人の関係は、ある日をきっかけに壊れることになる。

　──ピロロロロロロロ。
　冬歌が眠って少しすると、家に電話の音が響いた。
『はい、糸崎です』
　姉は新しくなった自分の名字をしっかりと言う。
　前はまちがえていたのになー。
『……秋いるか？』
　受話器から俺にも聞こえた声。それは……。
『……父さん』
　父だった。
『……もしもし』
『秋、久しぶりだな』
　母さんを置いてどっか行ったヤツがなに言っているんだよ、とは思ったが口には出さない。
　母さんは資産家の娘。父さんは大企業の社長。
　俺たちは恵まれた環境にいたはずなのに、父さんがほかで女をつくってから、すべてが壊れた。
　母さんはショックを受けて体調を崩し、昨年死んだ。
　俺を留学までさせて、心配をかけないようにするくらい、優しい母だった。

『……で、なんの用ですか？　父さんの会社、大変なんでしょう？』

　俺はこの人を一生許さない。

　そんな父さんの会社は先月末、大きな失態を犯し、今は倒産寸前と聞いた。

　電話する余裕なんてあるのか？

『……そのことについて話がある』

『金なら出せない』

　俺はきっぱり言った。

　母さんの遺産は莫大にあった。だけど、俺たちを捨てた父さんに与える金なんぞ１円もねぇ。

　そういう思いも込めて低めの声が出た。

　ただ返答は、思っていた話とはちがっていた。

『いや、金じゃないんだよ。しかも倒産なんぞしなくてよくなったんだ。逆に今は景気がいいぞ！　ハッハッハッ』

　高笑いする父さんに俺は恐怖を覚えた。

　こんな父さんは初めてだ。

　まるで、なにかに取り憑かれているよう。

　怪しいものにでも手を出した？

『じゃあ、なんで電話してきたんだよ』

『おまえ、龍皇の総長になったんだよな？』

『は？　なんで知ってんだよ』

　ついこの前のことだ。情報が早い。

　ヤクザなら知っててもおかしくないが……父さんは堅気なんだ。

『そうかそうか、やっぱりな。秋、総長になった早々に悪いんだが……龍皇をやめてくれ』
　……は?
『なにを言って……』
『そして、前斬組へ入れ』
『は?』
　なに、言ってんだ?
　龍皇をやめろ?
　それに前斬組に入れって……。
　前斬組がどれだけ悪どい組か、父さんは知ってて言っているのか!?
　前斬組は蛇王のバックについている組でもあり、最凶な組だ。
　悪の手本みたいな。
　銃を持ち歩き、クスリにも手を出し、人殺しの依頼も受けている。
　そんなヤツらの仲間になれって……?
『ふざけんなよ!』
　この親父……ついにイカれたか。
『知ってんのかよ!　前斬組がどんな組かってことを!　なんでそんなところに俺が入らなきゃいけねぇんだよ!』
　俺が怒鳴ると、姉ちゃんと達樹さんも近寄ってきた。
『……前斬からの勧誘か?』
　達樹さんが、ボソッと尋ねてきた。
『まぁ、そんなとこです』

俺は一瞬だけ受話器から顔を離してそう答えると、もう一度受話器を耳にあてた。
『前斬組は悪いところではない！』
　そう言い切る父さん。
　いったいなにがあったんだよ……。
『なぜ"悪くない"のか知りたいか？　秋。前斬組は、父さんの会社に大量の投資をしてくれた。その礼は、龍皇に入っている息子でいいと言われたよ』
　……んだよ、それ。俺を売ったってことかよ!?
『そしたらなー、"美人の姉と幼い女の子もいるんですよね？　それも一緒に"って言われたからな！　秋、姉ちゃんに言っておけよ。冬歌だっけ？』
　ちょっと待てよ……。
　つまり、俺と姉ちゃんと冬歌は、前斬へ売られたってことかよ？
　ありえねぇ。
『ふざけんな！　なに俺らを売ってんだよ！　……達樹さんが』
『あぁ……ソイツはなぁ』
　父さんがそう言ったとき。
　──ピーンポーン。
　家のチャイムが鳴った。
『はーい！』
　姉ちゃんが玄関へ向かう。
『……で？　なんだよ』

父さんにもう一度聞く。
『……いらないよ』
　……は？　達樹さんが……いらない？
　ってことは……まさか……。
『姉ちゃん、開けるな!!』
　俺は電話を切り、玄関に向かって叫んだ。
『へ？』
　慌てて玄関に行くと、姉ちゃんはもうドアを開けていた。
　あともう2秒早ければ、開かれなかったドアを……。
　慌てて姉ちゃんはドアを思いっきり閉めようとした。
　だが間に合わず、その瞬間に3人の男が入ってくる。
『達樹……んぐっ』
　突然入ってきた黒服の男たちに、姉ちゃんは口をふさがれた。
『騒がしいな。どーしたんだ？』
『達樹さん、ダメ！』
　達樹さんが心配してこっちへ来る音がしたけど、達樹さんは命を狙われている張本人。
　俺は達樹さんを下がらせた。
『達樹さんは、命……狙われています。冬歌もいるんで、ここは下がっててください』
　いつもだったら引きさがらない達樹さんだけど、冬歌の名を口にすると部屋の奥に戻ってくれた。
　たったの、3人。
『相手が悪かったなぁ？』

俺は首を鳴らしながら黒服に近づくと、まずひとりの腹を蹴り飛ばした。
『──ぐぇっ』
　一発KO。
　これで前斬組かよ？
　俺らを捕まえに、そして達樹さんを殺しに来るには、ずいぶんとまた下っ端を使ったな。
　そう思いながら残りふたりも殴りつけて、３人とも気絶させた。
『おー!!』
　俺がたたかい終わった背後では、達樹さんがのん気に拍手をしている。
『強くなったね、秋』
　達樹さんに頭をなでられた。
　ずいぶんと雑にだけど、それがうれしい。
　そう思っていると、達樹さんはすぐに真剣な顔つきに戻った。
『秋。冬歌を連れて、逃げてくれ』
　……え？
『達樹さん？』
　逃げる？　なんでだよ。
　こうして３人ともぶっ飛ばしたじゃん。
　コイツら弱かったし。
　もっと応援が来ても平気なんだけど？
『……頼む。たぶん、また来るから』

俺に頭を下げて頼む達樹さんに、俺はＮＯと言えなかった。

　寝ている冬歌を連れて裏口から外へ出た。
　そして急いで家から離れると、すぐそばにあるデパートまで走った。
　幸い前斬組のヤツらに見つかることもなく、デパートにたどりついた。
　エレベーターに乗り、屋上へ向かう。
　鍵がかかっていたが、そんなことに構っていられなかった俺はドアを蹴破った。
　――ドゥンッ！
　大きな音がしたが、ドアのすぐ近くにあるのはゲームコーナーだ。
　いろいろなゲームの音で聞こえないだろう。
　冬歌を抱えながら、屋上から下を見た。
　そこからゆっくり姉ちゃんたちの家を探す。
　すると……ありえない光景が見えた。
『なんだ……あれ』
　家のまわりには黒服のヤツらがおよそ300人……いや、それ以上か？
　これでもかってくらいの人数が、家を囲んでいた。
『……姉ちゃん……達樹さん……』
　すごい不安だ。
　相手は……前斬組。

300対1なんて……無謀すぎる。
そのとき、俺のスマートホンが鳴った。
『もしも……』
『秋、か?』
『達樹さん!』
よかった、無事なんだ。
『俺、応援呼びます!』
『いや……いい』
『達樹さん!?』
達樹さんがいくら強くても、姉ちゃんを守りながら300人の相手をするなんて無理だ。
『おいおい。総長バカにすんなよ?』
達樹さんはなぜか自信たっぷりな顔でほほえんだ……気がした。
『どういう……』
『絶対に応援は呼ぶな。龍皇を引退した今の俺は、ただのチンピラだと思え。俺をナメんなよ』
達樹さんの言葉の気迫に、電話だというのに俺の背中を冷や汗が伝った。
俺は再び家のほうを見た。
家のドアが破られ、人が雪崩のように入っていく。
『……達樹さんっ!!』
思わず叫んだ。
そのとき、5人ほどの男がものすごい勢いで家の中から飛び出した。

その威力はここからでもわかった。
次々と、黒服たちが家へ入っては吹き飛ばされる。
これは……達樹さんが？
達樹さんの圧倒的な強さに、俺は目を見開いていた。
そのとき、腕の中の冬歌が目を覚ました。
『ほらなー。おまえのパパ、すげぇなー』
そう言ってあふれる涙を隠した。
　……高１の俺。
もう気づいていた。
達樹さんと姉ちゃんは……殺されるのだろう、と。
俺はスマホをもう一度耳にあてる。
『達樹さん……』
ボソッとつぶやくと、『おう、秋……』と達樹さんの声が聞こえた。
なんだよ、この人。
スマホ片手にたたかっていたのかよ。
『あのっ……』
『大丈夫だ』
言おうとしたことがわかったみたいで、達樹さんは俺の言葉をさえぎった。
『おまえの姉ちゃんは絶対に渡さねぇよ』
達樹さん……。
『……この身が、果ててもだ』
『そ、んなこと言わないでください』
『冷静に考えろ。さすがに銃を持った300人には勝てねぇ

よ。今、おまえの姉ちゃんは逃がしたから、絶対に守れよ。……じゃあな』
　プツンと切れた電話は、もう二度とつながることはなかった。
　俺はここまできて、やっと理解した。
　達樹さんは、自分を犠牲にして姉ちゃんを逃がした。
　前斬組は達樹さんを殺しに来ているわけだから……おそらく……勝ち目はないだろう。
　達樹さんも言っていたとおり、300人の銃を持ったヤツらだもんな。
　俺はそっと膝をついた。
『……なんでこんなことになんだよっ！』
　そのとき。
『はぁ、はぁ、はぁ』
　息を切らした姉ちゃんが、デパートの屋上に来た。
『姉ちゃん！』
『秋……。達樹が……達樹が……』
　涙をぼろぼろ流しながら泣く姉ちゃんに、いつもの強気なおもかげは一切なかった。
『姉ちゃん……』
　──タッタッタッタッタッ。
　そのとき、大勢の足音が聞こえてきた。
　確実に、こっちへ向かってきている。
『……チッ』
　この狭い屋上で、姉ちゃんと冬歌を守らなきゃいけねぇ。

正直キツいけど。達樹さんと約束したから。
そこから……正直、記憶はあまりない。
だけど覚えているのは……。

冷夏の布団を、今度は俺の涙が濡らしていた。
「……わりぃ。泣けて、話せねぇ」
そう言うと、冷夏はギュッと抱きしめてくれた。
「無理しなくていいよ。今度は、あたしが泣く場所を作るから。泣いてもいいよ」
さっきまで立場が逆だったのに、今は俺が冷夏に甘えている。
「……大丈夫？」
のぞきこんでくる冷夏にドキッとして、俺は首をブンブン左右に振った。
「……話せる。おまえには、すべて知っててほしいからな」
冷夏がうなずいたのを見て、俺は再び話しだした。
「だけど、記憶があいまいなんだ。はっきり覚えているのは……姉ちゃんが俺をかばって死んだこと。そして……最期の言葉」
「最期の……？」
「あぁ。あのとき、俺は銃を向けられた。だけど、気づかなかったんだ。もうひとり、俺の死角で俺を撃とうとしていたヤツに。ただ、突然……ドンッて大きな音が聞こえた。銃声だとすぐにわかった。だけど、痛みがなかった。なんでだ？って思った。そしたら、俺は背中に温かさを感じた。

それをそっと抱きしめると……生温かい血が手についたんだ……」

　頭が真っ白だった。
　姉ちゃんが……俺をかばって撃たれた……？
　姉ちゃん……っ！
　そこからの記憶が本当にスッカラカンにないんだ。
　気づいたら……俺のまわりには人の海。
　全員、気絶していた。
『ねぇ……あ、き……ゲホゲホッ』
『無理してしゃべんなよ！　今、救急車を……』
　だけど、俺がスマホをタップする手を姉ちゃんが押さえた。
『……も、う。いいの。達樹のところに行けるし……ね？』
『姉ちゃん……』
『お願いがあるの……ゲホッ……冬歌を頼、んだわ……よ。秋……が、パパに……なって……？』
　俺は姉ちゃんの言葉に何回もうなずいた。
　そんな俺を見て姉ちゃんは優しくほほえむと、スゥーッと息を引き取った。
　高1のあの日。
　俺は、深いものを背負ってしまったんだ。

あふれる想い

　話を聞き終えたあたしは、しばらくの間、なにも言えずにいた。
　秋を見ると、一気に話した反動だろうか、ぼんやりとしていた。
　秋も、とてもつらい過去を持っていたんだ。
　それに、ずっと妹さんだと思っていた冬歌ちゃんは、実は秋の姪っ子さんで、だけどお姉さんと達樹さんの死によって、秋が娘として育てていることも知った。
　あたしなんかに話してくれて、ありがとうね。
「秋……」
　つぶやくと、秋はうつむいていた顔を上げ、いきなりギュッと抱きしめてきた。
「あ、き……!?」
「達樹さんに約束したのにな。姉ちゃんを守るって言ったのに。……俺、守られちまった。こんなヤツが生きててていいのかよっ!?」
　さらに、あたしをギュッと強く抱きしめる。
「秋……苦しい」
　思わずそう口にすると、秋は我に返ったようにパッと体を離した。
「わりぃ……」
「大丈夫だよ」

あたしはそっと秋の右手を両手で包みこんだ。
「秋、生きて」
あたしは目を閉じると同時に、秋の手を強く、強く握る。
「冷夏……」
「達樹さんとお姉さん。秋はふたりの命と一緒にいるんだよ」
お父さんが昔、教えてくれた話。
亡くなった人は、その人の一番近くに、魂となって今もいるんだよって。
たしか、飼い猫が死んだときに言われた記憶。
「それにね。冬歌ちゃんを助けたのは、この手でしょう？」
あたしがそっと手を離すと、秋はその手をあたしの頬へ添えた。
「冷夏、ありがとな」
「うん……」
ドキドキが止まらなかった。
「俺、強くなるよ。冬歌のために、そして龍皇のために」
そう言った秋の目は、今まで見てきた中で、いちばん輝いて見えた。
「冷夏、ありがとな。本当におまえがいてよかった」
「……そう言ってもらえてうれしい」
心臓の音が、秋に聞こえるんじゃないかってくらいに高まっている。
「おまえに出会えて……よかった」
ダメだ。

あたし、なんでこんなに秋が好きなんだろう？
待っていてくれていた魁。
でも、自分のこの気持ちに嘘はつけない。
あたしはチョンと秋の服の裾をつかんだ。
「……冷夏？」
「好き……」
この気持ちを口にしたら最後、もう戻れないような気がした。
だけど止められなかった。
秋は目を見開く。
「あたしは……秋が、好き。あたしも秋と逢えてよかった。だからね、秋……」
「ごめん」
話の途中で、秋にさえぎられてしまった。
「ごめん」
切なそうな顔をして謝る秋。
なんで、そんな顔をするの？
「俺は、冷夏の気持ちには応えられない」
あぁ、そうなのか……。
「……謝らないで？　勝手に気持ち伝えただけ。魁のこともあったけど、止まらなかった」
あたしはふわりとほほえんでみせた。

しばらくの沈黙のあと、先に口を開いたのはあたし。
「じゃあ、少し寝るね。そろそろお迎えでしょう？」

あたしはそっと秋に手を振った。
　さよなら、あたしの恋。
　でもフラれたことで、魁のことも、秋のことも区切りをつけられた気がする。
「バイバイ」
　小さくつぶやいた。

届かない言葉―秋side

　冷夏の病室を出てエレベーターがある場所に向かう。
「クソッ」
　エレベーターを待ちながら、壁をダンと叩く。
「すみませーん、ここは病院なので、もう少しお静かに……ひぃっ」
　壁を叩いたことでナースさんに注意されてしまったけど、俺を見て焦っていた。
　……あきらかに、暴走族に見えるのだろう。
　まわりからもこうやって非難される。
　そんな俺に、冷夏を幸せにはできない。
　ところが、そんなことを考えていると、さっきのナースさんが再びやってきた。
「あ、あの……よかったら」
　なんて言われて差し出された紙。
　俺はそのナースの横をスッと通りすぎた。
　中はどうせ連絡先だろ？
　……ほらな。
　なんだよ、さっきはビビったくせに。
　どんなヤツも俺の顔しか見ない。
　俺を見てくれないんだ。
　……けど、冷夏はちがった。
　俺たちと真っ正面から向きあってくれた。龍皇であると

かないとか関係なしに。
　この顔であろうとなかろうと、冷夏は俺に恋をしてくれただろう。
　なんでそう言いきれるのかと聞かれてもわからないけど、そう思うんだ。
「冷夏……」
　俺は彼女の名をつぶやき、思わず泣いた。
　情けねぇ。本当に自分がイヤになる。
　自分でフッたくせに。
　だって、俺には冷夏を幸せにできないし、姉ちゃんとの約束もあるから。
　達樹さんとの約束は守れなかったのだから、姉ちゃんとの約束は守ってやる。
　本当は、ずっと冷夏を見ていた。
　冷夏が入学して、初めて見た日から。
　気づけば目で追っていた。
　自分が校内で目立っているのをいいことに、何度も話しかけようともした。
　冷夏を姫にしたのも、冷夏に……ずっと惹かれていたからだ。
　そんな自分に、俺はいつも驚いていた。
　俺が女に興味を持つなんて、と。
　俺のまわりであんなことが起きなければ、迷わず言っていただろう。
　ギュッとこの手でアイツを抱きしめながら……。

「……好きだ」
　誰もいない廊下でつぶやく。
「冷夏、好きだよ」
　だけど、何度『好き』と言っても、この言葉は冷夏には届かない。
　俺は、もう一度……だけど、今度は先ほどよりは軽く、病院の壁を殴った。

最終章

龍皇とさよなら

　あれから1週間が経ち、あたしは今日やっと退院することになった。
「冷夏ちゃん、退院おめでとー！」
　相変わらずのテンションで来る春斗が久しぶりすぎて、なつかしくて、素直に笑う。
「うん、ありがとう」
「元気そうでよかった。やっぱり俺は、笑ってる冷夏ちゃんが好きだなー」
　うん。あたしも、春斗のことは好きだよ？
　仲間として、涼太も、倫も、雨斗も、みんな大好きだ。
「倒れたって聞いたときは驚いたけど……すぐ退院できてよかった」
　そう言った倫はあたしの荷物を持ってくれていて、その優しさに触れるのも久しぶりだなぁと思うと、なんか泣けてきた。
「冷夏が倒れたらつまらんやろ！　みんな待っとるんやから、はよ戻ってきてや！」
　……フフフ。
　涼太ってば、最初はあんなにあたしのことを毛嫌いしていたのに。
「……仲間として認めてもらえたってこと？」
　そう問いかけてみる。

「あたり前やん！」
　そんな答えに、あたしの心は一気に軽くなった。
　雨斗は相変わらず無言だけど、あたしが雨斗を見ると、ちょっと……いや、本当に少しなんだけど、口角を上げてくれるようになった。
　前なんてギリッと睨まれてプイッて感じだったのだから、大きな進歩だ。
「沢原さん、退院の準備……できましたか？」
　ナースさんがドアの前でモジモジしていて、部屋に入ってこない。
　あー、なるほどね。イケメンが４人いるから入りにくいんだ。
「あ、えっと」
　ナースさんに答えようと思ったところで「……30分後にまた来ますね〜！」なんて言って、駆け足でどこかに行ってしまった。
　……なんか悪いことしちゃったかな。
「今日は４人とも、来てくれて本当にありがとうね」
「だいじょーぶだよ！　まぁ……でも、ごめんね？　秋、いないし」
　春斗が申し訳なさそうに言う。
　そう、秋は来てない。
　あれから会ってない。秋だけじゃなく、魁にも。
　やっぱり気まずいことしちゃったのかな……。
　そういえばあたし。みんなに大事な話、あるんだった。

「ねぇ、聞いてほしいことがあるの」
　そう言うと、4人は話すのをやめてあたしのほうを向いた。
「あたしね……龍皇の姫、やめても、いいかな？」
　勇気を出して言った。
「ちょ、ちょっと待ってよ！　どうしたの、いきなり！」
　春斗は、それはもうめちゃくちゃ慌てていた。
「沢原さん、どういうこと？」
「冷夏！　どうしたんや!?」
　みんな口々に心配してくれている。
　あの雨斗でさえも、目を見開いている。
「……ごめんね」
「なにか理由があるんやろ!?　誰かになんか言われたんか!?」
　ちがうよ。あたしが悪いの。あたしが……。
「すべてを、思い出したの」
「思い……出、した？」
　そっか……。秋、みんなには言ってなかったんだ。
「あたし……記憶喪失だったの」
「きおく……そうしつ……」
　あたしはそっと顔を上げて、過去のことをすべて話した。
　魁とのこと。亡くなった両親のこと。すべて、すべて……。

　全部話し終えると、あたしはまた泣いてしまっていた。

「冷夏ちゃん、そんなことが……」
「つまり、沢原さんは姫をやめて魁さん……と付き合うってこと?」

　倫の言葉に、あたしはゆっくり首を横に振った。
「魁は、ずっと待っていてくれたの。あたしの記憶が戻るのを。けど、あたしは……そんな彼を裏切ってしまったの」

　みんなの、あたしを見つめる目が怖い。
　これを言ったら、あたしを絶対に軽蔑する。
　けど言わなきゃ始まらない。
「あたしね……秋が好き……なの」

　その瞬間、さらに涙があふれた。
　どうすればいいのかわからなかったから。
　あたしの選択はまちがっていたの?
　どんな反応されるだろう。
　きっと、なんだコイツもかって目で見られると思う。
　白い目で見られることなんて、今までずっと経験してきて慣れているはずなのに……。
　龍皇であるみんなに白い目で見られるのは、想像するだけでもつらい。
「え、秋のこと、好きなんか?」

　涼太の言葉に、あたしはブンブンと首を縦に振った。
「えーやん!」
　……へ?
「好きでえーやん!　なにがあかんのや?」
「最低なふた股女なのに?」

「ふた股やないやろ！　記憶なかったんやで？　しゃーないやろ！」
　けどね……あたし……。
「秋に……フラれてるから」
「え？」
　全員の声が重なった。
　４人ともポカンとしていたので、もう一度言った。
「秋に、フラれた」
「んなわけ……っ」
「はっきり言われたよ？　冷夏の気持ちには応えられないって」
　だからね、告ったあとに思ったの。
　言わなきゃ、よかったって。
「だからここにずっと来ないんじゃないかな。まぁ……あたしも気まずくなるのはイヤだし、いいかなとは思っているけどね」
「そんなこと言わんといてや！　それにしても……秋の野郎、人がせっかく譲ったん……」
　譲った？　なにを？
　まぁ、いいか。
「えっと。じゃあ沢原さんは、やっぱり魁さんのところに行くの？」
　倫の言葉にあたしは驚いた。
「だから、なんでそうなるのよ？」
　そんなの絶対ありえない。

「え？　冷夏ちゃんと魁さん付き合ってたんでしょ？　ヨリを戻さないの？」
　春斗もキョトンとして言ってくる。だから、なんでそーなるのよ!?
「あたし、秋が好きなんだけど」
「知ってる」
「え……秋にフラれたからって、魁さんに乗り換えないかってこと？」
「言い方は悪いけど……まぁそういうこと？」
「絶対ない」
　あたしが言いきると、みんなホッとしたみたいに少しほほえんだけれど、なぜか肩を落とした。

信じる心―雨斗side

　冷夏が……フラれた？　秋に？
　嘘だろ？　どう見ても両想いだったじゃねぇか。
　どちらかというと、俺には秋のほうが冷夏にベタ惚れに見えたんだけど。
　冷夏は、どう感じているんだ？
　冷夏がまた、ゆっくり話しだした。
「まぁそういうことだから。正直ね、秋たち……そう、春斗にも倫にも涼太にも雨斗にも……。告ってくる女の子は多いと思うの」
　まぁたしかに多いな。
　だからといってモテるとか思わないでほしい。
　俺らはモテてるんじゃない。
　ただ、この顔と龍皇という地位だけで、みんな寄ってきているだけなんだ。
「ねぇ。今、みんななにを考えた？」
　ハッと我に返って冷夏を見ると、したり顔で少しほほえむ冷夏がいた。
「顔と地位で寄ってこられているだけ……そう思ったでしょう？」
　すべて、見すかされたと思った。
「えぇー！　なんでわかったの!?」
　春斗はわーわー言っている。

だけど、俺にはわかったんだ。冷夏がそう言った意味。
「ねぇ、そういう理由で寄ってくる女ってホント、どう思う？」
「イヤや！　絶対イヤや！　そんな理由で近寄ってくる女なんか嫌いや！」
「でしょ？」
　冷夏は、そう言ってすごく泣きそうな顔をした。
「……だからよ」
「え？」
「……秋にフラれたのは」
　別に冷夏は、そういう理由で秋に告ったんじゃないんだろ？
　総長でもなんでもなくて、ただ秋という人間が、根から好きになったんだろ？
「でも、冷夏ちゃんはそういうのじゃないんだよね？　だって……」
「仕方ないの。告ってフラれるってことはね……。あたしが好きになったのは"秋"で、その子たちが好きになったのは"総長"だとしても」
　その瞬間、彼女の頬に涙が伝った。
「立花秋に告ったことには変わらない。あたしは、そういう人と同じだと、秋に思われたんだよ」
　……ちがうだろ。気づけよ。
　なんで秋が冷夏をフったのか知らねえが。
「秋は、そんなヤツじゃない。人を見る目がある」

俺がつぶやくと、みんながいっせいに振り向いた。
「雨斗が……」
「しゃべった？」
　いや、俺……結構しゃべっているけど？
　っていうかしゃべったら驚かれるって、そこら辺の犬や猫じゃねぇんだから。
「……秋は、気づいてるぜ」
　俺は冷夏のベッドに近づくと、親指で冷夏の涙をぬぐった。
　そして、頭に手を置くとポンと叩く。
「秋を、信じてみろよ。絶対に、そこら辺の女と冷夏はちがう。冷夏のこと、特別に見てるよ」
「雨斗……」
　そして、静かにうなずいた冷夏を見て、ゆっくりと背を向ける。
「それでいい。じゃあ俺は用事あるから。先に帰るな」
「雨斗帰んの？」
　慌てるみんなを置いて、俺はひとり病院をあとにした。

幸せになって―春斗side

　え、マジで……？　今、雨斗が冷夏ちゃんの涙をぬぐって、頭ポンポンした……よな？

　雨斗って女嫌いなはず。

　冷夏ちゃんには心を開いたのかな？

　だとしたら、冷夏ちゃんは本当にすごい。

　秋にも、雨斗にも認められて。

　倫と涼太には好かれちゃって。

　俺も、仲間として冷夏ちゃんのこと大好きだし、姫としてももちろん認めている。

　……って。俺に、こんなことを考えている暇はない。

　だって……。

「なんで雨斗は、冷夏に甘いねん！」

　そう騒いでいる涼太を黙らせなくちゃだし。

　俺は、涼太に言う。

「まぁいいと思うけどな。雨斗は、姫として認めているってことだろ」

　最初は、少し大丈夫かなって思ったけどな。さすが冷夏ちゃん。

　でもまぁ……。雨斗が女に優しくするのなんて、初めて見た。

　冷夏ちゃん、おそろしや……。

「……そろそろ、よろしいですか？」

さっきのナースさんだ。
　よくよく見れば美人さんかもしれない。
　もちろん、タイプですらないけど。
　なんかじぃーっと見つめられたから、俺は3秒くらい見つめ返してから、ニコッと笑ってみせた。
　とたんにナースさんは顔を真っ赤にする。
「本当、悪趣味やな」
　涼太がボソッとつぶやく。
　こういうのができるのは、チャラ男の特権だろ？
　そして俺は少しいたずらというか、いいことを思いついた。
「ねぇ、冷夏ちゃん」
　俺は冷夏ちゃんに声をかけて、振り向いた彼女を無言で見つめた。
　首をかしげながら、しっかり目を合わせてくれる冷夏ちゃん。
　俺はニコッと笑ってみた。ナースさんにしたのと同じように。
「……なによ？」
　が、冷夏ちゃんにはまったく通じない。
「なんでもないよ」
　これで、冷夏ちゃんも気づいてほしい。
　自分は、その辺の女とはちがうってこと。
　俺たちは病院を出た。
　さっきのナースさんには、連絡先が書かれた紙を渡され

てスルーしたけど。
「じゃあ、次に会うのは学校ね」
　そう言って手を振る冷夏ちゃんを見て思った。
　この子には、幸せになってほしい——と。

秋の居場所―雨斗side

「はぁ、はぁ、はぁ……」
　あの病院を出てから俺は走り続けている。
　もう何キロ走ったかわかんねぇ。
　もっと体力をつけなきゃだな……。
　少し、息が上がっている。
「どこだよ、秋……」
　倉庫にはいなかった。
　保育園にもいなかった。
　で、今は秋の家の近くの商店街を捜索中(そうさくちゅう)。
「はぁ……バイク使えばよかった」
　まぁ、下っ端に持ってこさせりゃいいんだけどさ。
　でも俺、人使うの嫌いだし。
「……ったく。あと捜してない場所っていったらホテル街しかないんだけど!?」
　……いや。あと1ヶ所ある。
「アイツが冬歌を連れていくなら……」
　俺はくるりと向きを90°変えると、また走りだした。

　来た場所は……デパート。
　ここは、冬歌の母親である秋の姉貴が死んだところ。
　昨年屋上は封鎖されたけど、アイツは悩んだときここに来る。

俺はそう信じて、デパートへゆっくり足を踏みいれた。
　エスカレーターで５階まで上り、あとは裏の階段を使う。
　階段を上る足が少しずつ、緊張で震えてくる。
　秋……話をつけなきゃいけねぇ。
　屋上前のドアにつくと、案の定、そこには秋がいた。
　冬歌を連れて。
「雨斗……？」
　俺が現れて驚いているようだが、こっちも冷夏をフったと聞いて驚いているよ。
「よぉ、秋」
　俺は秋に近づいた。

冬歌の"ママ"―秋side

　なにか悩みがあったらここへ来ている。
　鉄の柵でできた扉で固く閉ざされていて、あの場所へは入れないけど。
　冬歌とこうやってここにいるだけでも、心が安らぐんだ。
「パパ、かなしいのぉ？」
　……ハハハ。
　冬歌にまで心配させちまっている。
「……パパ、失格だな。俺」
「パパ、ふぅーね、ママにあいたいっ！」
　冬歌がこう言うことが本当に増えた。
　冬歌……。ごめんな。
　冬歌のママは俺が殺したんだ。
　殺したも、同然なんだ。
　……守れなかったんだ。
　そのとき、タッタッタッタッと階段を駆けあがってくる音がした。
　不思議と安心していられたのは、きっとひとりぶんの足音だからだ。
　しかし、そこに現れたのは予想外の人物だった。
「雨斗……？」
　息を切らした雨斗だった。
　……なんで雨斗がここにいるんだよ？

「よぉ、秋」
　しかも、クールで女嫌いで、なにかと面倒くさがりやな雨斗が、なんでこんな必死に……。
「秋、冷夏のこと……フッたのか？」
　は？　なんでその話を知ってんだよ。
　まぁ冷夏が言ったのかもな。
　アイツ、そういうデリカシーっていうのがわからなそうだからな。
「……あぁ。フッたよ」
　本当は、そうしたくなかったけどな。仕方ないんだ。
　……雨斗はわざわざそれを聞きに来たのか？
「……冷夏、姫を辞めるって」
　俺が望んだことだが、言葉で聞くとけっこうこたえるな。
　雨斗にそんな思いは明かせねぇけど。
「フッたくらいでやめるのか。そんな根性なしの姫なんていらねーよ」
「黙れ！　秋、冷夏のことなにもわかってないな。冷夏は、告ってフラれたのは、自分がまわりの女と一緒だからだと思ってる。そんなヤツが姫としているのは、俺たちにも関わる問題だと思ってやめるって言っているんだ！」
「そこら辺の女たちと同じ、なんて思ってねぇよ」
「……けど、好きじゃないと？」
「……あぁ」
　俺は下唇を噛んだ。
　好きと言えない自分がイヤだ。

そんな俺を見て、雨斗はニヤリと笑った。
「……なんだよ？」
「じゃあ俺、冷夏もらうな？」
「どういうことだよ？」
「そのまんまの意味だ」
　雨斗が……冷夏を？
「雨斗……女嫌いは？」
「恋に女が好きも嫌いもねぇだろ」
「はぁ!?」
　好きになっちまったもんは、好きなんだから。
　そう言われみたいで、余計腹が立つ。
「文句ねぇよな？」
　……バカじゃねぇの。自分でフッといて。
　けど、冷夏を誰にも取られたくない……。
「俺がガマンした意味がなくなる」
「秋がガマンした意味？　どういうことだよ説明しろ」
　コイツ……俺が先輩だって頭からすっ飛んでんな。
「……冷夏の過去を聞いたか？」
「あぁ」
　うなずかれて悔しい気もしたが、俺は話を進めることにした。
「冷夏の両親が亡くなった理由、記憶がなくなった理由。すべて……俺たち、暴走族と関わったからだ」
　俺はつないでいる冬歌の手を、ギュッと握る。
「そんな冷夏に、暴走族ともう一度付き合わせるなんて、

できねぇよ」
「パパァ、いたぁ……い」
　強く握りすぎたのか、冬歌の手をつぶしてしまうところだった。
「……秋。おまえそんな理由で冷夏フッたのかよ？」
「そんな、理由？」
「秋が守ればいいじゃねぇかよ」
「……ふざけんなよ！　雨斗になにがわかるんだよ！　俺は大切なものを……守れなかった。姉ちゃんを、守れなかったんだよ！　もう絶対に大切なヤツは失いたくねぇ」
　こんなの、ただの俺の逃げだ。
　だけど冷夏に、また記憶が飛ぶくらいつらい思いさせるんじゃないかって思うと……。
　雨斗はどう思っただろうか。
　俺を、総長のくせにと怒るだろうな。
「秋……。誰だって完璧じゃねぇんだよ。けど、どこの族だって、完璧じゃなくても"全力"なんだよ。姫を守ろうと、誰よりも大切にしている。おまえの姫は誰だよ!?　姉ちゃんか!?　達樹さんか!?　ちがうだろ！　冷夏だろ!?　姉ちゃん守れなかっただろ？」
「…………」
「だったら……絶対に、次こそ……冷夏を守り抜けよ！　それが、秋の役目だよ」
　そして雨斗は、びゅんっと風を切って、俺の顔の前に拳を突きつけてきた。

「守れなかったら、俺は秋をぶん殴り倒すぞ?」
　雨斗はこんなに強いヤツだったか?
「……冷夏は、暴走族といて幸せにはなれねぇよ……きっと。どう思う?」
　雨斗に問いかける。
　そんな俺の質問に、雨斗は口角をいじわるく上げた。
「あたしの幸せは、あたしが決めるのよ!　勝手に決めないでくれる?　とでも言うんだろうな」
　……ハハハッ。
　俺、ちょーくだらないことで悩んでた。
　そうだよ。冷夏なら、きっとそう言う。
　そして俺はちらりと冬歌を見た。
　すると、また不安になってしまう。
「……秋?」
「雨斗。俺さぁ、冬歌のこと考えると、やっぱ付き合うとか無理だ。冬歌はまだ母親を捜している。そんな中、知らない女が俺の隣にいたら焦るだろ?」
　実は、これも冷夏の告白を断った理由。
「ハハ。秋はホント気づいてねぇなぁ」
　は?　どういうことだよ。
「気づいてないって?」
「冬歌の探し人に決まってんだろ」
　それって……。
「母親のことか?」
　雨斗は冬歌の身長に合わせてかがむと、話しかけた。

冬歌、人見知りだけど答えるかな？
「冬歌ちゃん」
　案の定、冬歌は俺の後ろにスッと隠れてしまった。
　雨斗はそれを見て、ポケットをゴソゴソしだした。
「はい、どうぞ」
　そして差し出したのはチョコレート。
　それを見て、冬歌はそっと俺の後ろから顔を出す。
「……ふぅーに？」
「あぁ」
「……ありがと」
　冬歌はそれを取ると、パクッと食べて幸せそうな顔をした。
「あーくん！」
「あ、あーくん？」
　これは……。
「雨斗。あーくんって呼ばれてるぞ」
　めっちゃおもしれぇ。雨斗のキャラじゃねぇだけに。
「なぁ、秋」
「ん？」
「冬歌ちゃんがママに会いたいって言いだしたの、いつから？」
　は？　なんでそんなこと聞くんだよ。
「……結構最近だよ。まわりの子にママがいるから、そー思ったんじゃないか？」
　みんな、お迎えに来るのは母親だもんな。

「へぇー。なぁ冬歌ー」
　いつの間にか雨斗は冬歌を呼び捨てにしていた。
　雨斗は冬歌の頭をなでなでしながら、冬歌に問いかける。
「おまえのママ、どんなヤツ？」
　覚えているはずがない。
　……ただ、もしも覚えていたら。
　母親が撃たれたあの日のことも、覚えているってことだ。
「きれーなひとなの!!」
　冬歌は笑顔で答えた。
　キレイな人？
　冬歌は想像で言っているのか？
　けど、そのわりには断言している。
「へぇー。ほかには？」
「んーっと……かみがきれーなのっ!!　ふぅーも、ママみたいにながいポニーテールがしたい！」
　そして冬歌は、自分の髪を指さしたのだ。
　長いポニーテール？
「姉ちゃんは……ショート」
　俺がそうつぶやくと、雨斗はしたり顔で俺に向かって笑った。
「なんとなく、わかるだろ？　冬歌は、ある人物を母親だと思ってる」
　それって……。
「冷夏……かよ？」
「あぁ」

まったく気づかなかった。
つまり冬歌は……冷夏に会いたがってんのか？
冬歌と冷夏が初めて会ったとき、冷夏は長い髪をポニーテールにしていたっけ。
「まぁ俺が冷夏から聞いた話から推測すると、まずホテルで、冬歌が冷夏に会うだろ？ それで、"またね"っていう冷夏を見て、こんな人が母親だったらいいって思ったんじゃねぇか？」
「…………」
「そう思っているうちに、冷夏が自分の母親だって思いこんでしまったっつーわけな」
なるほどな。
「雨斗……おまえ細かいことまで知ってんな。てか、探偵になれるんじゃね？」
「んなわけねぇだろ。俺はハッカーなんだが？」
あぁ、調べたのか。
「まぁそういうことだから。冷夏をふる理由はねぇだろ」
「今から間に合うか？」
「弱音吐くな。秋がそんなんなのは、キモイんだよ」
はっ。雨斗……。
おまえ、やっぱ先輩ってこと忘れているよな。
「帰ったらシバく」
「そんなこと言ってないで、早く冷夏のとこに行けよ。時間の無駄だろ」
本当に、ひと言多いな。腹が立つ。

けど……雨斗のおかげで気づけた。
　そもそもの話だ。
　冷夏がほかのヤツのモノになっていたら……きっと、俺は一生後悔する。
　もう、魁さんのところに戻っているかもしんねぇ。
　後悔しないために、行く。
「雨斗、冬歌を頼んだ」
「あぁ」
　俺は雨斗にアパートの鍵を渡すと、全力で走りだした。

　バイクを使って来たのは、ホテル街だ。
　まだ夕方なのに人が多い。
　ホストクラブやキャバクラは必死で客引きをしている。
「おにいさーん、ホストやんない？」
「キャバ嬢と楽しい夜を過ごさない？」
　いたるところで声をかけられた。もちろん全無視だけど。
　やっぱり冬歌を連れているのと連れてないのじゃ、声のかけられ方がちがうな。
　いつも冷夏はこんなところにひとりでいるんだろ？
　……大丈夫なのかよ。
　俺はあるバーに寄ると、そこのマスターに声をかける。
「冷夏、来てる？」
「秋じゃねぇか！　来てるぜー。真っ昼間から。……ってか、冷夏とおまえが知り合いとは思わなかったぜ」
　……相変わらずよくしゃべる。

「サンキュー。冷夏はいつもの部屋か？」
「あぁ、いると思うぜ」
　俺はバーを出ると、ホテルへ向かった。
　冷夏の泊まっている部屋の前に立つ。
　今さらながら緊張してきた。
　１週間、会ってないからな。
　──トントンッ。
　ドアをノックすると、冷夏は誰か確認もせずにドアを開けた。
「あ、き……？」
　冷夏が目を見開く。
　てっきりマスターかと思ったんだろうな。確認くらいしろよ。
　俺は、冷夏に伝えなきゃいけねぇことがある。
　だから、冷夏の目をまっすぐ見て言う。
「……話が、あるんだ」
　冷夏はとまどいながらもうなずいてくれた。

重なるふたり

　——コンコンッ。
　部屋にノックの音が響いた。
　どうせマスターだろうと思ったあたしは、なんのためらいもなくドアを開けた。
　けれど、そこにいたのは予想外の人物。
「あ、き……？」
　大好きな、人。
「……話が、あるんだ」
　そう言われてなんとなく気づいた。
　姫をやめるって言ったこと、聞いたのかな。
「秋、姫のことなら……」
「冷夏に話したいことがあるんだ」
　さえぎられた。姫の話じゃないの……？
「俺、冷夏を守れるかって不安だったんだ」
　……え？
「冷夏に好きって言われて、どうしようもなくうれしかったんだ。けど、冷夏は暴走族のせいで、大切な人を失っている。そんな冷夏の気持ちに応えることは……できなかったんだ」
　大丈夫。あたしのことを考えてくれただけで、うれしいから。
「俺と一緒にいると、おまえは幸せになれないって思って

た」
　秋……。
「それは、ちがう。あたしの幸せは、あたしが決める。秋といて幸せじゃないわけないじゃん」
　秋はあたしのことを思ってフッてくれた。
　それがわかって十分幸せな気がしてくるあたしは、やっぱり重症(じゅうしょう)。
　あんなことがあってから、また人を好きになるなんて思わなかった。
　あたしはこの何カ月かで、ずいぶん素直になった気がする。
「あと……俺には、冬歌もいる」
「うん」
「アイツの幸せを俺が奪っちまったんじゃねぇかって考えたら、彼女作ろうなんて思わなかったし。……恋もする気がなかった」
「うん。本当に、いいパパだね」
「好きなヤツなんて、作らないつもりだった」
　すると、秋はあたしをギュッと抱きしめてきた。
　優しく、被さるような抱きしめ方。
　秋の温かさに泣きそうになる。
「けど、冷夏を好きになった」
「……え？」
　秋があたしを、好き？
「ここで、出会ったときから……いや、ずっと前から惹か

れてた。好きで、しょうがなかった。俺は……ずっと、冷夏に恋してたんだ」
「あ、き……」
　涙があふれた。
　もう十分だよ。
　秋が、付き合えない理由はわかった。
　それだけで、その言葉だけで、あたしは幸せだよ。
「彼女っていう存在は作らない。冬歌がいるから。けど、やっぱ俺、おまえが愛しくてたまんねぇんだよ……」
　抱きしめられていて、顔は見えない。
　けど、秋の心臓の音は聞こえる。
　きっと、あたしの心臓の音も……。
　すると、秋はあたしから離れて、一歩遠ざかった。
　どうしたんだろう……？
　秋はあたしの手を握ったまま、まっすぐにこちらを見つめる。
「俺と、結婚を前提に付き合ってください」
「え……!?」
　さっきとは比にならないくらいの涙があふれた。
「……はずいな、これ」
　秋は顔を隠している。そんな秋がかわいい。
「……返事は？」
「……はいっ！」
　ほとんど泣きじゃくりながら答えると、秋の顔が近づき、唇と唇が触れた。

「んっ……」
　触れただけのキス。
　それなのに、離れてもまだ唇に熱がこもっている。
「……あめぇ」
　そう言って自分の唇をペロッとなめる秋に、ドキッと心臓が鳴った。
「冷夏、顔真っ赤。あんだけモテるくせに、ファーストキスとか言うなよ？」
　秋の言葉にあたしは思わず頬に手をあてると、案の定、熱かった。
「そ、そういうこと、聞かないでよ」
「その言い方、説得力ねぇーぞ。……それともなに？　触れるだけじゃ足りない？」
　妖しげにほほえむ秋に、あたしの顔はまた熱くなる。
「魁さんと、してないのかよ？」
「した記憶……ない」
　きっと魁は、まだ中学生だったあたしに合わせてくれていたのだと思う。優しい人だったから。
「……なぁ」
「ん？」
「今日は、泊まってってもいいか？」
「え？」
「離したくねぇんだよ。なにもしねぇから……。冬歌は雨斗に預けてきたし」
　そう言った秋に、あたしはうなずいた。

ふたりでベッドに入る。

この部屋、シングルだからひとつしかベッドがない。

こんな至近距離に秋がいるなんて、ものすごくドキドキする。

だけど、浮かれている場合じゃなかった。

肝心なことを聞き忘れている。

「ねえ、秋」

「ん?」

「その……冬歌ちゃんはさ、あたしみたいな女が秋の彼女で……お母さんで、いいのかな」

さっき秋に"結婚を前提に"と言われて、ついうれしくなっちゃったけど、冬歌ちゃんの気持ちも大切。

まだ小さいし、秋のことを本当のお父さんだと思っているくらいだから、亡くなったお母さんやお父さんのことは覚えていないかもしれない。

だけど、もし少しでも覚えていたら。

そんなところに突然、あたしみたいな女が現れたら、冬歌ちゃんはどんな気持ちになるだろう。

そう思ったら、聞かずにはいられなかった。

秋はその言葉にフッとほほえむと、あたしの頬に手を添えた。

「それがさ。冬歌のヤツ、冷夏のことを母親だと思ってそうなんだよ」

「えっ!?」

思ってもみなかった秋の返答に、あたしは驚いて目を見

開く。
　だって、冬歌ちゃんには1回しか会っていない。
　しかもホテルの部屋の前でちょっと会ったくらいだし、冬歌ちゃんは覚えていないんじゃないの？
　そんなことを考えていると、秋がちょっと悔しそうな表情を浮かべる。
「このことがわかったのは……雨斗のおかげでもあるんだ」
「雨斗が？」
「ああ」
　なんで、急に雨斗が出てくるんだろう。
　あたしが首をかしげると、秋がこのホテルであたしと会うまでの話をしてくれた。

「なるほど、そんなことがあったんだー」
　話を聞き終えたあたしは、いまだに信じられない気持ちで秋を見つめる。
　でも、もし本当に冬歌ちゃんがあたしのことをお母さんだと思ってくれているのなら……こんなにうれしいことはない。
　それに、雨斗には感謝だな。
　秋と冬歌ちゃん、そして……あたしを結びつけてくれた人なんだから。
　ううん、雨斗だけじゃない。
　龍皇のみんなには、本当に感謝だ。
「龍皇って、みんないい人ばっかりだね」

「そうか？」
「そうだよ！」
「ま、暴走族だから悪そうに見えるけど、本当に悪いヤツはいないかもな」
　そう言いながらも、秋はなんだかうれしそうだ。
「ねえ、秋」
「ん？」
「幸せに……してね？」
「ああ」
「絶対だよ？」
「あたり前」
　その言葉を聞いたら、ホッとしたのか急に眠気が襲ってきて、さらに全身がポカポカし始め……。
　なんか眠たいかも……と思った瞬間、あたしの意識は途切れた。

　そして翌日。
　ゆっくりと目を開くと、すぐ目の前に秋の顔があって驚いてしまったあたし。
　思わず声をあげそうになった。
　そうだった……。
　昨日、秋はこの部屋に泊まることになったんだ。
　スースーッと寝息を立てながら、気持ちよさそうに寝ている秋。
　そういえば、秋の寝顔を見るのは初めてかも。

いつものクールな感じはまったくなくて、無防備でかわいい。
　だけど、やっぱり秋の顔立ちは整っていて、寝顔までカッコよかった。
　もし本当に結婚なんかしたら……毎日のようにこの寝顔を見られるんだよね。
　ふと、昨日の秋の告白を思い出す。
『俺と、結婚を前提に付き合ってください』
　結婚を前提に……。
　何度も頭の中で秋の言葉を繰り返していると、思わず顔がニヤける。
　あらためて幸せな気持ちに浸りながら、じーっと秋の寝顔を見つめていると……。
「わっ!!」
　突然、秋がパチッと目を開いたので、驚きの声をもらしてしまった。
「いつまで見てんだよ」
「えっ!?」
　見ていたことに気づいていたの？
　は、恥ずかしすぎる！
「見とれるほど、俺ってそんなにカッコいいか？」
　秋がニヤニヤしながら尋ねてくる。
「うっ……」
『はい、そうです』なんて言えるわけもなく、あたしは秋からプイッと顔を背ける。

だけど秋がそれを許してくれるわけもなく、あたしは秋の手で両頬を挟まれて秋のほうを向かされた。
「冷夏、見すぎだって。いつ目を開ければいいか悩んじゃったじゃねーか」
「は、はい。すみません……」
「なーんてな。俺も昨日の夜は冷夏の寝顔をじっくりと見てたから、お互いさまだな」
「えっ!!」
　そうか……。
　昨日、気づいたら寝ちゃってたけど……あたしのほうが先に寝てしまったんだ。
　じっくりと寝顔を見られていたなんて、恥ずかしい。
　再び、秋から顔をそらそうともがくけど。
「ダメ」
　秋の手は、あたしの両頬を挟んだまま。
　ふいに、秋の顔が近づいてきたかと思ったら、
　――ちゅっ。
"おはよう"のキスが降ってきた。

　この日の午後、さっそく冬歌ちゃんに会うことに。
　昨日秋から聞いた話が本当だったとしても、やっぱり不安でドキドキする。
　嫌われたらどうしよう。
　あたしは、冬歌ちゃんのお母さんになれるの？
　もし、あたしなんかに会いたくない……なんて言われた

ら、どうする？
　そもそも、冬歌ちゃんくらいの子どもとあまり接したことがないから、正直、扱い方がわからない。
　泣かせてしまったらどうしよう。
『嫌い』って言われたらどうしよう。
　冷静になろうと思うけど、どうしてもマイナスなことばかり考えてしまう。
　そんなあたしの様子に気づいたのか、秋が頭にポンと手を置いた。
「大丈夫だ」
　パッと秋を見上げると、そこにはあたしの大好きな笑顔があって……不思議と心が落ちついた。
　アパートについて部屋に入ると、雨斗と一緒にテレビを見ていた冬歌ちゃん。
　冬歌ちゃんは、あたしたちに気づくと、
「ママァー！」
　秋ではなく、あたしに抱きついてきたから驚きだ。
　すりよってくる冬歌ちゃんに一瞬ぼうぜんとしながらも、あたしは抱っこする。
「うん、ママだよ。久しぶり、冬歌ちゃん」
　あたしがそう言ってニコッと笑顔を向けると、冬歌ちゃんはさらに大きな声で「ママ！　ママ！」と言いながらはしゃぎ始めた。
　かわいい……。
　素直にそう思った。

それにしても、自分のことを『ママ』と言う日が来るなんて。しかも、ごく自然にこの言葉が出てきた自分に、あたしは驚いていた。
　秋はというと、自分よりあたしを選んだ冬歌ちゃんに、驚きよりもショックを感じたようで。
「俺じゃねーのかよ……。やっぱり、子どもはパパよりママなのか？　俺が今日までしてきたことってなんなの!?」
　ブツブツとつぶやきながら、苦笑いを浮かべていた。
　あたしと冬歌ちゃんを見て、雨斗がニヤニヤしながら秋に話しかける。
「うまくいったみたいじゃん」
「まぁな。雨斗にはマジで感謝してる。冬歌のことも見てくれてサンキューな」
「ホントだよ。礼はたっぷり弾んでもらうからな」
「はぁ？」
「なーんて、嘘だよ」
「ったく、おまえは」
「でも、よかったな」
「ああ」
　あたしは冬歌ちゃんを抱っこしながら、雨斗に顔を向けて口を開く。
「雨斗」
「ん？」
「本当にいろいろとありがとう」
「ああ」

雨斗が帰り、しばらくの間、部屋でテレビや絵本を見て3人で過ごした。
　といっても、秋はずっと昼寝していたけど。
　あたしの隣でニコニコ楽しそうにしている冬歌ちゃんを見ていると、心の底からホッとする。
　しかもなんだろう……。
　このアパート、妙(みょう)に落ちつく。
　それに、温かい。
　そう思うのは、誰かがそばにいるからなのかな。
　家族ってこんな感じなのかな。
　お父さんとお母さんが生きていた、まだ幼かった頃のことを思い返す。
　たしかにそうだったかもしれない。
「ママ、おなかすいたー」
「え？」
　冬歌ちゃんの言葉に驚いて時計を見ると、時計は夕方の5時を示していた。
　あ、もうこんな時間になっちゃったんだ。
　どうしよう。まともな料理なんてできない。
　どうしよう、どうしよう……ととまどっていると、秋がゆっくりと体を起こした。
「秋、冬歌ちゃんが……おなかすいたって」
「ん？　もうそんな時間か」
　まぶしそうに目を開けて、時計を見る秋。
「冬歌、今日はなにが食べたい？」

「うーんとね、おべんとやさん！」
「げっ、また弁当かよ！」
「だって、ふぅー、すきなんだもん！」
　あたしは、ふたりの会話に出てくる"お弁当屋さん"を知らないけど、どうやら冬歌ちゃんのお気に入りでよく利用しているらしい。
「はぁ、わかったよ。じゃ、買いに行くか」
「やったー！　ママもいこうよ！」
「ってことで、冷夏も今日は晩メシに付き合え」
「えっ、あたしも!?　いや、あたしは帰るよ」
　すると。
「えー！　ママ、かえっちゃうの？　なんで？　ふぅーといっしょに、ごはんたべるのイヤなの？」
　そう言って、寂しげな表情を浮かべる冬歌ちゃん。
　そんな顔をされたら……。
「うん、わかった。ママも一緒に食べるよ」
　そう言わないわけにはいかない。

　家を出てお弁当屋さんに行き、お弁当を３つ買って家に戻る。
「いただきまーす！」
　うれしそうにお弁当を食べ始める冬歌ちゃん。
「冬歌、ボロボロこぼすなよ」
　そして、すっかりパパの顔になっている秋。
　そんなふたりを見ていると、心がほっこりした。

「ママ、おべんとどお？」
　ふいに、冬歌ちゃんが尋ねてきた。
「うん、おいしいね」
「でしょ！」
　あたしの言葉に、得意げな顔をする冬歌ちゃん。
　でも、嘘じゃない。本当においしいと思った。
　こうやってみんなでわいわいしながら食事をするから、とくにおいしく感じるのかもしれない。
　あたしは、記憶をなくしてから龍皇の姫になるまで、なにをするのもずっとひとりだった。
　たまに魁と会って食事をしたり、バイト先でまかないを食べることもあったけど……基本はひとり。
　ひとりの食事は、味気ない。
　おいしいと思ったこともなければ、味わって食べた記憶もない。
　だから食べないことも多かった。
　でも、今日はちがった。
　ごはんがおいしい。
　こんなにおいしいと感じたのは、すごく久しぶりだった。

　結局、冬歌ちゃんのお願いを断りきれず、あたしはこのアパートに泊まっていくことにした。
　それがわかった瞬間、冬歌ちゃんはまた大喜び。
　秋と冬歌ちゃんがお風呂に入っている間、あたしはあらためてアパートの中を見まわす。

誰かの家に泊まるって、初めてのことだ。
　それも、好きな人の家に……。
　アパートに来てからだいぶ時間も経っているのに、急にドギマギしてきた。
　でも、冬歌ちゃんもいるし、秋とふたりきりじゃない。
　そう言い聞かせるけれど、胸のドキドキは収まらず。
「冷夏、おまたせー」
「あ、うん……」
　すると、ふたりがお風呂から出てきたので、あたしもお風呂を借りる。
　数十分後、お風呂から出ると、ずっとはしゃいでいたからか冬歌ちゃんはもう寝ていた。
　秋とふたりきりの時間が訪れる。
「冷夏、今日は冬歌の相手してくれてサンキューな」
「ううん。でも、嫌われなくてホッとした」
　ふと、何気なく秋のほうを見る。
　すると、秋はじーっとあたしを見ていて……。
「秋？　どうかした？」
「いや……なんつーか、おまえを好きになったことは、まちがいじゃなかったなってな」
　そう言うと、秋は照れくさそうに、まだ少し濡れている髪の毛をグシャグシャとした。
　秋からの思いがけない言葉にあたしは言葉を失い、顔が、全身が一気に熱くなる。
　あたしだって、秋を好きになって本当によかったなって

思ってるよ。
　そう言いたいのに、言葉が出てこない。
　あ、熱い……。
「冷夏……顔、真っ赤だぞ」
　すると、冷やかすような口調で秋が言う。
「だって……」
　まだなにも言い返せる状態ではなく、あたしはひたすら照れ続けていた。

　翌日、秋と一緒に冬歌ちゃんを保育園まで送ると、すぐにバイクに乗って学校に向かう。
　学校は、いつもどおりだった。
　龍皇のメンバー以外は、あたしに話しかけてこない。
　でも、気のせいだろうか。いつもの景色がキラキラと輝き、色づいて見えるのは。
　それに、相変わらず女子たちからの陰口はあったけど、あまり気にならなかった。
　あたしが龍皇のメンバーと仲がいいことが知られるようになったからか、呼び出されることもなかった。
　とにかく、入院中の遅れを取りもどすため、授業に集中する。
　そして迎えた放課後。
　秋やみんなと一緒に、龍皇の倉庫に向かう。
　倉庫に行くのは久しぶりだった。
　みんなは、あたしが記憶喪失だったこと、両親や魁のこ

と、そして秋とのことも聞いているはず。
　もしかしたら、あまりよく思っていないメンバーだっているかもしれない。
　だから、ちょっと緊張しながら倉庫に入る。
「冷夏さん、大丈夫ですか？」
「もう外に出て大丈夫なんですか？」
　ところが、倉庫内にはあたしを気づかう声が飛び交う。
　批判の声が出てもおかしくないと思ったあたしは、少し面食らった。
　大げさだなと思いながらも、みんなが心配してくれていたことにうれしくなる。
　みんなにお礼を言いながら幹部室に入ると、秋が真っ先に口を開いた。
「もう聞いているとは思うが……冷夏と付き合うことになったから」
「そんなん、とっくに知ってる。ったく、ふたりともイライラさせおって」
　涼太がブツブツとつぶやき始める。
「ホントだよね。秋がウジウジしているから、俺が冷夏ちゃんを奪っちゃおうかと思ってたくらいだし」
　能天気な口調で言ったのは、春斗。
　そんなふたりを、秋は睨みつける。
　でも、ふたりは知らん顔。
　あたしは、思わずふき出しそうになった。
「でもさ、一時はマジでどうなるかと思ったけど、よかっ

たよ。秋、沢原さん、おめでとう」
　そう言ってくれたのは……いつもやさしい倫。
　そして、そのあとに続くように、
「あらためて……ふたりともおめでとう」
　雨斗がボソッと言った。
「冷夏、もう姫をやめるなんて言ったらあかんで」
「うん」
　涼太の言葉に、あたしは大きくうなずく。
「冷夏ちゃん、秋がイヤになったら、いつでも俺のところに来ていいからねー」
「うん、うん……」
　そして、春斗の言葉にも何度もうなずく。
　あたし……龍皇に戻ってこれたんだ。
　しかも、秋の恋人として。
　今までと変わらず受けいれてくれるみんなに、思わず涙がこぼれそうになる。
　だけど必死にこらえ、とびっきりの笑顔を浮かべながら言った。
「みんな、本当にありがとう。これからもよろしくね！」

　その後、幹部の話し合いがあるというので、あたしは姫の部屋に入ってベッドに腰かける。
　なんか、ひとりきりの時間が、すごく新鮮に思えた。
　秋と付き合うことになり、冬歌ちゃんとも今のところはうまくいきそう。

それに、今までどおり龍皇にも戻れた。
でも、ひとつだけ気になっていることがあった。
それは、魁のことだ。
倒れたあたしのお見舞(みま)いに来てくれた日、魁は『また来るな』と言って帰っていったけど、それからお見舞いどころか、連絡が一切来ない。
いったいどうしたんだろう。
記憶を取りもどしたあたしが秋を好きになっていたから、軽蔑されちゃったのかな……。
連絡したほうがいいのかな。
でも、それって都合がよすぎるよね。
結局、魁の存在を無視して、秋と付き合ってしまったわけだし。
「うーん……」
これは、秋に相談するしかないかも。

夕方になり、秋と一緒に倉庫を出たあたしは、冬歌ちゃんのお迎えに行く。
保育園に入ると、すぐにあたしたちの姿に気づいた冬歌ちゃんは、
「あっ！　ママーッ‼」
そう言いながら、駆けよってきた。
案の定、そんな冬歌ちゃんに不満げな秋。
この日、保育園内にはほかのお母さんたちも何人かいて、当然のことながら制服姿のあたしと秋は、あきらかに目

立っていた。
　お母さんたちが、好奇のまなざしであたしと秋を見る。
　しかも、先生たちも……。
　そりゃ、そうだよね。
　こんな若い両親、しかも高校生。
　そういう目で見たくなるものわかる。
　本当の親子ではないけれど、そんなことは、このお母さんたちや先生が知るわけもない。
　あたしは気まずい気持ちになりながら、隣に立つ秋をチラッと見る。
　だけど秋は慣れたもので、そんな視線を気にすることなく、笑顔で冬歌ちゃんの頭をなでていた。
　そんな秋を見ていたら、自分が情けなくなった。
　冬歌ちゃんのためにも、堂々としなくっちゃ。
　あたしは、冬歌ちゃんのママになる。
　そう心の中で呪文のように繰り返すと、背筋をピンと伸ばした。
　この先も、こういう目で見られることはあると思う。
　もしかしたら、もっとひどい扱いを受けることだってあるかもしれない。
　だけど、いちいち気にしていたらキリがない。
　それは学校での陰口と同じだ。
　それに、どんなことがあっても大丈夫。
　きっと秋が守ってくれる。
　きっと秋と一緒に乗り越えられる。

保育園からの帰り道、バイクを押す秋の隣を、冬歌ちゃんと手をつないで歩くあたし。
「そういえばさ……」
　秋がなにか思い出したように話し始めた。
「ん？」
　秋のほうに顔を向けると、真剣な表情を浮かべている。
　いったいなんの話だろう。少し不安になった。
「実は、魁さんのことなんだけど」
「えっ!?」
　ここに……保育園に来る前……魁のことは秋に相談しようと思っていたところだったので、あまりのタイミングのよさに思わず驚いてしまう。
「どうした？」
「……ちょうど秋に相談しようと思っていたところだったの」
「そっか。俺さ……昨日、魁さんに《冷夏と付き合うことになりました》ってメッセージ送ったんだ」
「えっ！」
　なんて行動が早いんだろう。
「ってか、冷夏、いちいち驚きすぎ」
　いちいち驚くあたしを、苦笑いしながら見つめる秋。
「そりゃ驚くよ」
「まぁいいけど。そしたらさ、魁さんからなんて返ってきたと思う？」
「うーん……」

思ってもみない質問に、考えこむあたし。
　絶対に許さない……とか？
　それとも、奪い返してみせる……とか？
　なんだろう。
　まったく見当がつかないけど、秋とあたしを祝福してくれるような言葉は思い浮かばない。
「それが、《冷夏を幸せにしろよ》って」
「えぇぇぇぇ!?」
「ママ、どうしたの？」
　あたしがあまりに大きな声をあげたので、手をつないでいた冬歌ちゃんが心配そうに声をかけてきた。
「えっ、あ、なんでもないよ。ごめんね、いきなり大きな声を出しちゃって」
　あたしは必死で笑顔を作り、優しくゆっくりとした口調で冬歌ちゃんに言う。
　すると、冬歌ちゃんは納得したのか、ニコッと笑ってあたしから視線を外した。
　ホッと息をつく。
　そんなあたしを見て、クスクスと笑う秋。
「もーびっくりさせないでよ」
「まぁ、そうなるよな。俺もメールが来たとき、自分の目を疑った。これは俺の推測だけど……魁さん、冷夏のことを思って身を引いたのかもな」
「身を引く？」
「俺が一瞬だけど冷夏をあきらめたとき、俺の場合は冬歌

のこともあったけど、冷夏には、もう族とか姫とかないところで生きてほしいって思った。またイヤなことを思い出しちまかもしれないだろ？　魁さんもそう思ったんじゃねーかと思うんだ」

　そうなんだろうか……。

　でも、秋が言うと本当にそうなんじゃないかって思えるから不思議だ。

　だから、もしそうだとしたら。

　魁、ありがとう。

　魁には、いくらお礼を言っても言い足りない。

　そう遠くない日、どこかで会うことがあるだろうか。

　うん、きっとあると思う。

　そのときは、また笑って話せるといいな。

「秋、いろいろとありがとうね」

「そりゃ、元総長には、きちんとスジは通さないといけないからな。それに……」

「それに？」

「やっぱ、みんなに祝福してもらいてーじゃん？」

「うん、そうだね」

　あたしと秋はそっと視線を合わせ目を合わせると、クスッと笑いあった。

「ママー！　パパー！　ふぅー、おなかすいた」

「お……たしかに、もうそんな時間だな。冬歌、今日はなにを食べたい？」

「うーんとねー。おべんとやさん！」

「またかよ！　ダメ、今日は絶対にダメ！」
「えーなんでー？」
「ダメなもんはダメだ！」
「もう、パパきらい！」
「はぁ？」
　あたしは秋と冬歌ちゃんのやりとりを見て、久々に声をあげて笑った。
　この幸せがずっと続いてほしい。
　そう願いながら。

　月日は流れ、秋と付き合い始めてから7カ月が経った。
　あたしと秋は、相変わらずラブラブ。
　幹部室にいても、秋は普通に膝枕をねだってくる。
　それも……みんなのいる前で。
「……秋」
「んぁ？」
「みんな、見てるんだけどー」
「もう見慣れたんじゃね？」
　それはあるかもしれないけどっ！
　あたしはいまだに恥ずかしい！
「はぁ……。ラブラブするならどっか行けよー！　アパート帰れ。せめて総長室とかさ」
　春斗がイヤそうな声をあげる。
「秋、見せびらかしよって！　俺らは見たくないんやからほかでやれ、ほかで！」

涼太がそれに続く。
　倫と雨斗はあきれてなにも言わないけど、その顔はあきらかにイヤそうだ。
　そんな大批判を毎日のように受けている、秋とあたし。
　だけど、こんな平和な毎日が好き。
　ありがたいことに、冬歌ちゃんともすごくうまくいっていて、ほぼ毎日のように会っている。
　アパートに泊まることも多かった。
　まぁ、この龍皇にいる時点で、いつ襲われるかわからないから平和とは言えないけど……。
　1週間後の4月5日は、秋の誕生日だ。
「秋は、18歳になるのかぁ」
　なんかすごく大人に思える。
　秋はもともとが大人っぽいから、今の見た目でも十分20歳以上に見えるけど。
「そうそう、もう結婚もできるんだぜ」
　"結婚"という言葉に、ドキッとする。
　それより……誕生日はどうしよう？
　あたしはプレゼントや当日のプランについて、あれこれ考え始めた。

　そして迎えた4月4日。
　誕生日会を明日に控え、あたしは冬歌ちゃんとショッピングに来ていた。
　誕生日会は、倉庫で盛大に行う。

きっとみんなにたくさん祝ってもらうだろうから、明日はあまり秋と話せないかもしれない。
　でも、それでよかった。
　秋はあたしの彼氏である前に、龍皇の総長なんだから。
　あたしとの時間はいつでも作れる。
　でも、プレゼントだけは明日渡したかった。
　冬歌ちゃんと一緒にデパートに入り、まずはランチ。
　あたしの向かいの席で、お子さまランチをうれしそうに食べる冬歌ちゃん。
　冬歌ちゃんは、この春から年長さん。
　その１年後には小学生だ。
　そのとき、あたしは高校３年生で、秋は……もう高校を卒業している。
　ランドセル姿の冬歌ちゃんを想像する。
　冬歌ちゃんの卒園式や入学式には……やっぱり、あたしと秋が行くのかな？
　そんなことを考えていると、どうしようもなく幸せな気分になった。
「ママー！　なにがおもしろいの？」
「え？」
「なんか、すごくニコニコしてたよ」
　冬歌ちゃんが不思議そうな顔で尋ねてきた。
「あ、なんでもないよ。ごはんがおいしいなぁって思ったんだよ。お子さまランチはおいしい？」
「うん！」

とっさにごまかしながら、ホッとする。

最近、すぐに顔がゆるんじゃうな。

龍皇に入ってから、あたしは喜怒哀楽が激しくなったように思う。

とくに、よく笑うようになったのと、すごく感動しやすくなった気がする。

前までのあたしには考えられないことだ。

これも……秋や冬歌ちゃん、龍皇のみんなのおかげ。

もちろん、魁も。

今のあたしを見て、『人形』、『冷酷』、『無表情』なんて言う人はいないかもしれない。

食事を終えたあたしと冬歌ちゃんは、途中いろいろなお店をのぞきながら、時計売り場へと向かう。

子ども用のおもちゃ売り場に行ってお母さんとまちがわれたときは、なんだか誇らしい気持ちになった。

そして、秋のプレゼントに腕時計を買うと、また冬歌ちゃんと手をつなぎながら家へ帰った。

明日の秋の誕生日、みんなにとって幸せな１日となりますように。

そう心の中で願いながら。

子持ちな総長様に恋をしました

　翌朝、あたしは倉庫へ向かった。
　倉庫へ入ると、もうお祝いムード。
　秋とは夜に過ごせばいいかなー。
　そう思って、あたしは秋の誕生日パーティーでは下っ端たちと話していた。
　そして、いよいよ誕生日会が始まった。
　倫の司会進行で会は順調に進んでいく。
　各グループで出し物をしたり、カラオケ大会をしたり、ゲームをしたり。
　こんなに楽しい誕生日会を見たのは初めてで、あたしはずっと笑い転げていた。
　案の定、主役の秋とはあまり話せなかったけど、秋はもちろん、みんなの笑顔を見ているだけであたしは幸せだった。
　素敵な仲間に囲まれてキラキラと輝いている秋が彼氏だなんて……いまだに信じられないけど、なんだか誇らしい気持ちにもなる。
　そして、にぎやかな誕生日パーティーが終わると、あたしは総長室へ向かった。
「秋」
　お誕生日、おめでとう！
　そう言おうとして、さえぎられた。

秋が、あたしをギュッと抱きしめてきたから。
「なぁ、冷夏。今夜は一緒に出かけよう。冬歌は雨斗に預けるから」
「うん……」
　どうしたんだろうと思ったけど、秋の真剣な顔にうなずくしかできなかった。

　秋に連れてこられたのは、高級ホテルのレストラン。
「こ、こんな高いところいいの!?」
「あぁ」
「あ、あたし、制服なんだけど……」
「俺もだし、平気」
　って言っても、秋はなにを着ても貫禄(かんろく)があるからいいけど、あたしは本当にこれでいいの？　せっかくの誕生日なのに……。
「秋、お誕生日おめでとう」
　そう言いながら、用意していたプレゼントをそっと差し出す。
　キレイな夜景が見える場所で、秋に「おめでとう」と言えてよかった。
「腕時計？」
「うん」
「カッケー。サンキュー！」
　中身を見て、喜ぶ秋を見てうれしくなる。
「もう18歳なんだね」

「……なぁ、冷夏」
　秋はあたしの手を握った。
「遅くなって、ごめん。今日、絶対に渡したかった」
　そう言ってテーブルの上に、小さな小箱を置いた。
　え……これって……。
「開けても、いい？」
「ああ」
　あたしは震える手でリボンをほどき、箱を開ける。
　もう半泣き状態だ。
　そしてゆっくり箱を開けると……そこには、キラキラと輝くキレイな指輪。
　内側には名前が彫ってある。
「エ、ンゲージ、リン……グ……」
　秋は姿勢を正した。
「冷夏。俺と、結婚してください。絶対に守るから。大事にする。幸せにする」
「はい……っ。よろしくお願いします……っ」
　愛しくて、恋しくて。
　ここまで、決して幸せなことばかりではなかった。
　それは、秋も同じ。
　あたしたちは、悲しいことやつらいことを背負いすぎていた。
　あたしにいたっては、それらから逃げるように記憶をなくしていたほど。
　それに、秋にフラれたときも本当につらかった。

秋のことなんか、好きにならなければよかった。
　いっそ嫌いになってしまいたい。
　そう思ったことも、一度や二度じゃない。
　だけど、どうしてもあきらめられなかった。
　秋じゃないとダメだった。
　途中、ちょっとだけ遠まわりをしたあたしたち。
　だけど、思いが通じあってからは、秋のことを好きになって本当によかったと思うことばかりだった。
　毎日が楽しくて、泣けちゃうほど幸せで、何気ないことにも幸せを感じられるようになった。
　気づいたら、過去の悲しいことやつらいことを思い出さない日が多くなっていた。
　秋は、あたしにたくさん幸せをくれた。
　そして、また新たな幸せが、今、目の前にある。
　この先も……悲しいことやつらいことがたくさんあるかもしれない。
　だけど、この人と一緒なら、きっと乗り越えられる。
　秋がそっとあたしの左手をつかみ、自分のほうにゆっくりと引きよせる。
　次の瞬間、あたしの目から大粒の涙がこぼれた。
　秋がはめてくれた左手の薬指を、あたしはそっとなでる。
　どうかこの幸せが、ずっとずっと続きますようにと願いながら。

　あたしたちはレストランを出ると、家に帰るまでの道を

ずっと手をつないで歩いた。
「なぁ、冷夏……今日、泊まってっていいか?」
「眠いの? いいよ」
「やっぱ鈍感」
「へ?」
「ま、いっか。俺たちのペースでゆっくり進もう」
「えぇ?」
　そう言ったとたんグイッと手を引かれ、次の瞬間には唇をふさがれていた。
「……!? んっ……」
　長くて、深いキス。
「あ、き……んんっ……」
　ようやく唇が離れたとき、あたしは立っていられなかった。
「……エロッ」
「エロくなんかないわよ。秋もいきなりそんな……キス、しないでくれる!?」
　そう強がってみたけれど、今、あたしの顔は、恥ずかしくて真っ赤のはずだ。
　言い返すのもやっとなくらい。
「いきなりじゃなきゃいいんだな?」
「へ……?」
　秋はそう言うと、慌てるあたしをよそに顔を近づけた。
「キスするぞ」
「え、ちょ……っ」

またふさがれた唇は熱くて……秋のキスはあたしを溶かしてしまいそうなくらい深い。
　崩れそうな体を、秋の服につかまって必死に支える。
「……はぁ、はぁ……」
　離れたときに、あたしの体力はもはや残ってなかった。
「大丈夫か？」
「そ、んなわけないわよ」
　けど、ね……秋にキスされるのは嫌いじゃない。
　むしろ……もっと欲しい。
　自分がそう思っていることに驚き、そして恥ずかしくなってあたしの顔はまた真っ赤になっていたと思う。
「冷夏……。もっとしてほしいのか？」
　わかっててニヤけ顔で言う秋は、やっぱりいじわるだと思う。
　すると、今度は「チュッ」とリップ音を立ててキスをしてきた。
　すごく、短いキス。

　部屋に入ると、
「これ以上すると、俺がガマンできなくなっちまうから」
　そう言って秋は寝室に入った。
　こんなに愛しいと思うのは、秋しかいない。
　大好きって思うのも秋しかいない。
「ねぇ、秋……？」
「ん？」

「愛してる」
　そう言えるのも、秋しかいない。
「俺も」
　今日は、目の前にある幸せをつかんだ日。
　本当にたくさんのことがあったけど、秋、これからもよろしくね。
　……あたし、子持ちな総長様に恋をしました！

番外編

卒業

　——ピピピピピピピ……。
　——カチッ。
　目覚まし時計の音とともに、起床する毎日。
　けれど、今日はいつもとはちがう。
「眠い……」
　目をこすり、髪をときながらマスターのいるバーへ向かう。
　30分早く起きただけなのに、こんなにも眠いのか。
「よぉ、冷夏。さすがに今日は早いな」
　マスターは朝から元気いっぱいだ。
　あたしはそっと左手の薬指を見る。
　キレイに光る指輪は、あたしの宝物だ。
　あのプロポーズから１年が経とうとしていた。
　とはいえまだ高校生だし、お互い親がいない。
　だからもちろん裕福に暮らせているわけはなく、同居するための家を買う余裕もない。
　だからこうしてマスターに１年中、部屋を借りているわけだ。……無料で。
　最近知ったのだけれど、マスターは龍皇設立時のメンバーらしい。
　どうりで秋や、あたしにここを紹介した魁とも知り合いなわけね。

「じゃあマスター、キッチン借りるわね」
「あんまり散らかさないよーに」
「わかってる」
　そう言ってあたしは、バーの厨房(ちゅうぼう)に入っていく。
「しかし、冷夏。気合い入ってるな」
　ガチャガチャと音を立てながら朝ご飯とお弁当を作るあたしに、マスターが言う。
「……まぁ」
　だって今日は、特別な日。
　あれから１年経ち、あたしたちにまた春の季節が来た。
　秋の卒業式。
　秋のためと思えば、かきまぜる手も慎重(しんちょう)になっていく。
「はぁー、ドキドキしてきた」
　なんであたしが緊張してるんだろう。あたしはまだ２年生で、在校生なのに。
「冷夏ー。秋来ちゃうぞ」
　マスターの声に驚いて時計を見ると、いつもの起床時間と同じぐらいになっていた。
「急がなきゃっ!!」
　あたしはそのままバタバタと朝食の準備を続ける。
「よっす」
　そんなバタバタしたあたしをよそに、秋がのんびりした様子でバーに来た。
「あ、おはよう、秋。あれ？　冬歌ちゃんは？」
「まだ寝てる」

「そっか」
　Tシャツ短パン。寝間着用だからぶかぶかしている。
「冷夏、部屋の鍵かけとけよ」
「え？」
「半開きだった」
「あ、ごめん」
　あたしと秋は同居していないが、ホテルのふた部屋を1年以上使わせてもらっている。
「……まぁこんな古くさいホテル、泥棒も入らないだろうけどね」
「おい冷夏。聞こえてるぞ」
「え、あら。ごめんなさい」
　一緒に住めばいいって？　そういう問題じゃないの。
　お互い、借りている部屋はシングル。
　ひとつのベッドにふたりは寝られるけど、冬歌ちゃんもいるから3人がひとり用の部屋で暮らすわけにもいかない。
「ダブルの部屋に住めばいいって言ってるだろうが」
　マスターはいつもそう言ってくれるけど、断ってる。
「ダブルはお客さんに人気だもの。無料で泊まらせてもらってるのに、そんな図々しいことはできない」
「冷夏のくせに、俺のこと考えてくれてるのか。今日はいい日だな」
　嘘泣きするマスターは放っておいて、さっさと朝食食べちゃおう。

「クックック……」
　そんなあたしたちを見て、秋は笑いだした。
　そんな彼に、あたしの胸はドキッと高鳴る。
　もう、重症すぎ。
「いや、楽しい朝だなと思ってよ」
　秋はゆっくりと席に着くと、手を合わせる。
「今日はなんか豪華だな。いただきます」
　早く起きて作ったからね！　秋の卒業式だから。
　精いっぱい、祝福させてね。
　全員で食べ終わると、さっさと支度を始める。
「あ、マスター。冬歌ちゃんを保育園に送ってあげてね！　あたし卒業式の設営なの！」
　本当はいつもあたしが送っていく。冬歌ちゃんと手をつないで、ママって呼んでもらって。
　秋との時間も好きだけど、冬歌ちゃんとの時間も大好き。
「おうよ、任せとけ！」
　マスターの返事を確認し、あたしたちはバーを出た。

　ホテル街を朝歩くふたりなんて、まわりから見ればちょっといやらしいかもしれない。1年も経てばなれるけれど。
「ねぇ秋。あたしに合わせく早く出てもよかったの？　3年生なのに」
　秋は早く行っても暇だと思うけど。ギリギリまで冬歌ちゃんといてもよかったのに。

「なんで、わかんねぇんだよ」
「え？」
　思ったことを言っただけなのに。怒らせちゃった？
　そう思ったけど、次の瞬間、秋はあたしの頭をポンポンとした。
「心配なんだよ。気づけ」
　カァッと顔が真っ赤に染まってくのが自分でもわかった。
　そんなあたしを見て秋は優しくほほえむ。
「付き合って1年半も経つのに。おまえ、ホントなれないのな」
「し、仕方ないじゃない」
　だって秋といるのは、いつだって新鮮なんだから。
「まぁ、そこがかわいいとこだけどな」
　──ボンッ！
　顔が、たぶん爆発した。本当に恥ずかしい。
　あたしの反応を見て楽しんでる秋。
　最近の秋はずっとこんな感じ。あたしが照れるのを見ていつも楽しんでて1枚上手(うわて)だ。
　膝に座らせたり、いきなり抱きしめたり頭ポンポンしたり。
　そんなあたしたちを見て、龍皇のみんなも苦笑いしてる。
「冷夏、おまえ本当にすぐ照れるよな。なんか意外」
　意外って……。じゃあいったい、あたしはどんなイメージなのよ。

まだ薄暗く、けれど桜のピンク色に縁取られた空を見上げた。雲はなくて、キレイな快晴。きっと、学校は満開だろう。
　すると、秋があたしの手をギュッと強く握った。
「俺が、冷夏をいじめる理由。知りたい？」
　いじめるっていうより、いたずらっていう表現のほうが合っているけど。
「冷夏の、笑った顔が好きだから」
　え……？
「笑顔が見られるかなーって思って俺、冷夏にデレちまった」
　秋。あたしを、笑わせようと？
「けど、期待以上だな、その反応」
　あたしはピクッと肩を揺らす。
「ホント、飽きないやつ」
　そして秋はあたしの前髪をくしゃっとすると、そのままおでこにキスをした。
「なっ…」
「１年半経っておでこにキスも、許可なきゃダメなのか？」
　もう、子犬みたいな顔しないで。
「……ダメじゃない」
　そう言っちゃっじゃない。
「えっ！」
「なんでそんなに驚くの？」
　恥ずかしいからもう言わない。

「え、いや……」
　あたしがそんなふうに言うのは意外？
　けどね、やっぱりあたしは変わったの。
　秋に出会ってから、毎日が楽しい。
「秋の、おかげだよ」
　そうつぶやいて、あたしは秋を見上げた。
　学校までの30分が、すごく短く感じた。

「おっはよーさん！」
「おはよう」
「朝からご機嫌やなぁ。秋とイチャイチャしてきたんか？」
　元気いっぱいの涼太は、卒業式の準備のための機材を運んでいる。
「イチャイチャなんかしてないわよ」
　ホント、涼太はいつだってデリカシーのない質問ばかりしてくる。
「秋は、してたのに？みたいな顔しとるけど」
「え？」
　思わず秋を見上げると、少しすねたような顔をしていた。
　そして、あたしの肩をグイッと引きよせる。
「イチャイチャ、してないのかよ？」
　そう言って、妖艶にほほえむ。
「えっ……」
　さらに秋に引きよせられ、顔と顔が近づいた。
　えっ、まさかここで？

あたしは思わず目をつむった。けど。
　　あれ？　なにもしてこない……？
　　うっすら目を開けた瞬間。
「フーッ」
「きゃぁっ！」
　　思わずビクッとして耳を抑えた。
「……悪趣味」
　　いきなり耳に息吹きかけるなんて。
「冷夏、耳弱いからな」
　　そう言われて、顔がみるみるうちに熱くなっていく。
「秋のっ、バカっ」
　　恥ずかしすぎて、のぼせそう。
「秋は冷夏の弱いとこわかるんや？　さすがやな」
「あたり前だ。どれだけ付き合ってると思ってんだよ」
「なんかむかつくわぁ」
　　競うところじゃないしっ！
　　っていうか知らなくていいっ、あたしの弱いところなんて！
「冷夏、ほんまよく照れるなぁ。いつまで経っても反応がウブやなぁ」
　　余計なお世話。
　　でもあたし、前はこんな照れ屋じゃなかった。
　　もっとこう、無表情で……。あれ？
　　あのときの表情が、思い出せない。
　　いつの間にかこんなに人らしくなって、喜怒哀楽がある。

「……ねぇ。秋のおかげで、表情がないってどうやるか忘れちゃった」
 あたしは秋に笑ってみせた。
 秋は真っ赤になって、あたしから顔を背ける。
「え、なによ？」
 変なことは言ってないし。あ、もしかして……。
「秋、照れたの？」
「えぇっ！」
 秋に言ったつもりだったけれど、声をあげたのは涼太。なんで涼太が驚くのよ。
「れ、冷夏が鋭くなっとる！ あの鈍感やった冷夏が!!」
 すっごく失礼に聞こえるのはあたしだけ？
「それくらいわかるわよ。秋は、褒められるとうれしいのね」
「は？」
 今度は秋と涼太がハモった。
 なによ？ ちがうの？
 秋は、あたしが"秋のおかげ"って言ったのがうれしくて、照れたんでしょう？
「秋……。やっぱ冷夏は冷夏やな」
「……あぁ。けどそこが」
「のろけんな、アホ！」
 よく会話は聞こえないけれど、涼太が手刀を秋の頭にあてているところをみるとビンゴだったのかな。ちょっとうれしい。
「じゃあ、秋。あたしたち準備だから、涼太と体育館行くね」

ホントは寂しいけど。
　　なんて、口に出せるはずもなく、あたしはつないでいた手を離した。
「あとでね」
　　そう言って手を振ると、大きな手があたしの手首に触れる。
「行くな。……涼太と、ふたりでなんて」
「え？」
　　秋のほうを振り向くと、下を向いているが、耳が赤い。
　　照れてる？　ねぇ、もしかして、やいてくれてる？
「あ、き……」
　　熱のこもった秋の視線に、あたしの顔は真っ赤になる。
　　しばらく沈黙のあたしたち。
　　それをさえぎったのは……。
「おまえら付き合ってどんだけやねん。まだまだ初々しいカップルみたいやな」
　　あきれた様子の涼太。
　　ヤバい、そろそろ準備に遅れそう。
「みんなに迷惑かけちゃうから、行くね？」
　　そう言うと秋はぶすーっとふてくされて、通りかかったとある男子生徒の肩をつかんだ。
「え？」
　　あたしとその彼の声が重なる。
「おまえ、何年？」
「に、2年です……」

全国一の総長に肩をつかまれて、この迫力で話しかけられちゃびびるわよ。
「卒業式実行委員の人って、どこ？」
　……なんでそれ聞くのよ。というか、それ……。
「あたしよ」
「は？」
　あたし、卒業式実行委員だった。
　今の今まで忘れていたけれど。
「その、伊東くんもだよね？」
　伊東くんとは、秋に肩をつかまれている男の子。
　どこかで見たことあるなと思ったんだった。
「なぁ、冷夏サボってもいい？」
　秋は伊東くんの肩をつかんだまま睨みつける。
　ちょっと待ってよ。言ってることめちゃめちゃだし、なにより伊東くんの顔が恐ろしくひきつってるよ！
「え、だ、大丈夫です」
　大丈夫じゃないわよ！
　ただでさえ少ない実行委員なんだから。
「ごめんね？　秋」
　あたしは秋をのぞきこんだ。
　そのとたんに真っ赤になった秋。もう、怒らなくてもいいじゃない。
「怒っちゃダメ。あたしの仕事なの」
　あたしはそう言って秋に手を振る。
「じゃあ、立花先輩っ！　卒業おめでとうございまー

すっ！」
　ふざけてあの頃のように"先輩"をつけて呼んでみた。
　あの頃のことも、素敵な思い出。
　秋、どんな反応するかな？
「おまえ、今……立花先輩って言ったか？」
　ん？　怒ってる？
「……イヤだった？」
　もしそうなら謝らなきゃ。
「いや、悪くない」
　秋はズカズカとあたしに近づく。
　そんな秋に、無意識に体が後ずさる。
　すると、秋はあたしの顎をくいっと持ちあげると、唇にキスをした。
　チュッとリップ音を立てる、短いキス。
　……ここ、人前なんだけどっ！
　頬が熱い。絶対、顔真っ赤だ。
「おまえ、わかってんのか？」
　秋はそう言うと、あたしの耳もとでささやいた。
「……おまえも、立花になるんだろ？」
　そして、あたしの顔はボンッと音を立てて噴火する。
　甘い。今日の秋は、甘い……。
「す、すみませぇ‐んっ!!」
　あたしたちのキスを見てしまったからか、伊東くんは逃げていった。
　だって秋、なに見てんだよみたいな感じで睨みつけてた

から。
「秋……。伊東くん、逃げたけど」
「キスしたあとの一声にほかの男のこと言うんじゃねぇよ」
　なんでそうなるっ!?
「っていうか、涼太もいるんだけどっ!!」
　涼太にしてはめずらしく、一切声を発しないから忘れてた。
「おう、涼太。まだいたのかよ」
「失礼なやっちゃな!!　ずっとおったわ!!」
「涼太からもなんとか言ってよーっ!!」
　あたしの右手は秋にがっちりホールドされていて、逃げ出せない状態。
「秋の卒業式だから、がんばりたいのに……」
　そう言って秋を下から見る。
「おまっ、またかよ……」
　なにが、またなの？
「下からのぞきこまれるとヤバいってことくらい気づけ。破壊力ハンパない」
「秋の背が大きいの！　正面からじゃ秋のブレザーしか見えないのよっ」
　秋とあたしの身長差は30センチ弱。秋は181センチで、あたしは155センチ。
「たしかにおまえ、ちっせぇな」
　秋が大きすぎるのよっ！
　頭をなでまわされながらそう思う。

そういえば、龍皇の幹部で一番高いのは春斗で、186センチ。あぁやって女の子と遊びまくれるのは、その高い身長のおかげでモテてるからという可能性もある。
「そーいえば、龍皇で一番小さいのって」
　あたしはチラッと横目で見た。
「……涼太？」
「なんでそうなるんやっ!!」
　まぁ、龍皇の人たちはみんな大きいんだけどね。
「じゃあ、誰よ？」
　そう言うと、涼太はフッフッととてつもなく気持ち悪く笑って、手を腰にあてた。……いばってるの？
「聞いて驚くんやないぞ？　実はな……」
　思わず秋もあたしも、息をのむ。
「実は、雨斗やねん」
「えぇ？　意外」
「全然気づかなかった」
　秋も知らなかったんだ。
「まぁ、気づかんでもおかしないで。幹部、みんな高いからなぁ」
「雨斗は何センチなの？」
「それでも高いで。176センチやっ!!　ちなみに俺が178、倫が181。秋と同じやんな」
「待て、涼太。俺は倫より高い」
「高いゆうても３ミリやん、３ミリ！」
　そんなどうでもいい話をしながら、時間は過ぎていく。

もう実行委員はあきらめたけど、これじゃあ卒業式にすら遅れそう。
「ところで秋、春斗と倫は？　まさか、まだ来てないとか？」
　雨斗がいないのは、卒業式の設営が面倒くさいとかだろう。式が始まるギリギリに来るつもりなのは見え見え。
　だけど、春斗と倫はちがう。あのふたりは卒業生だ。
　卒業式前のホームルームもあるはず。
「あー、春斗は来てないと思うな。倫は先生に呼び出されてたけど」
「呼び出されたの!?　卒業式に？」
　春斗ならまだ納得がいくけど、倫が？
　しっかり者のお兄さんが!?
「な、なんで!?」
「なんでって、生徒会だからじゃね？」
「生徒会？」
　倫が、生徒会……。
「初耳よ」
「まぁアイツ人前出ないからな。生徒集会の運営もサボってるし」
「もしかして、龍皇の人たちで生徒会、とか？」
「んなわけねぇだろ」
「冷夏、アホやなぁ。まぁ、倫は副会長やけど」
「ふ、副会長？」
　そんな大きな役職なの？
「それなのに、サボってたの!?」

ありえない……。そんなんでよく生徒会がまわってね。
「副会長もうひとりおんねん。２倍仕事しとるんやな！」
　涼太が楽しそうにハハッと笑う。
　秋もつられるように笑った。
　その様子を見て、ふと心がジーンとした。
　秋がいて、龍皇のみんながいる。
　こういう時間が、本当に愛おしいと感じた。
「ハハッ、じゃないわよ。まったく。これだから龍皇は」
　あえてクールを装って涼太にそう返した瞬間、秋とパチッと目が合う。
「な、なによ」
　ジィッと見つめられると、照れるんだけど。
「これだから龍皇は……なに？」
　あたしははぁっとため息をつく。
　秋にはなんでもお見通しなんだね。
「それで冷夏は、龍皇が嫌いなのか？」
「誰も、そんなこと言ってないでしょ！」
　嫌いなわけないじゃない。こんなキラキラしたところ。
「……嫌いじゃねぇの？」
「あたり前よっ！」
「じゃあ、なに？」
　秋は、言ってみ？と、あたしの顔をのぞきこんでくる。
　その口もとは妖しく笑っていて、思わず体が熱くなる。
「あたし、今日変かも……」
　秋に答えることなく、小さくつぶやいた。

「今頃気づいたんか。冷夏のアホは今日だけやないで」
「なんで今日そんなにあたし対して厳しいのよ」
「冷夏のくせにケンカ売っとんか」
「なによ、冷夏のくせにって」
　涼太と楽しく言い合いをしていると、頭をガシッと大きな手につかまれた。
　や、ヤバい。
　あたしたちは、おそるおそる顔を上げた。
「あ、秋……」
　久々に怒られちゃうのかしら。
「おまえら、いつまで言いあってんだ？　ガキか？　あ？」
　ひぃ、やっぱり総長の迫力は半端ない。
　そんな秋は今日の卒業式後、総長を引退する。
　そのとき、ふわっとあたしの頭の重さがなくなり、ポスッと秋の胸に収まった。
「……え」
　そして秋は、あたしをギューッと抱きしめる。
「おい、涼太。俺の冷夏にケンカ売るな」
「甘すぎやろ……」
　これには涼太もまいったらしく、「ほな、式後なぁ～」と手を振って校舎へ入っていった。
「あたしたちも、行く？」
「おぅ」とうなずいた秋とあたしは自然と手をつなぎ、校舎へ入る。

「あまり、人いないな」
　ガランとした廊下。
「あたり前よ、みんなもう体育館」
「そうだな」
　秋はもう片方の手であたしの頭をなでると、優しく笑う。
　……どうしよう。
　実行委員だから行かなくちゃいけないって言いはってたのはあたしなのに。
「一緒に……いたい」
　そう、思ってしまう。
「めずらしいな、冷夏」
「なんか、素直になりたい気分」
「なんだそれ」
「だって、こうしていられるのは、最後だから」
　今までは、お昼休みも放課後もずっと、秋たちと6人で過ごしてきた。
　これからの学校に、秋はいない。
「隣に住んでんじゃねぇか」
「仕事で忙しいでしょう？」
　秋は、この春から就職することになった。
「おはようも、おやすみも、言ってやる」
　ふふふ。なによ、それ。
「冬歌ちゃんと、待ってるわ」
　そうそう、そういえば。
「冬歌ちゃん、もう小学生かぁー」

この前、あたしと秋と冬歌ちゃんでランドセルを見に行った。
　お金は、お義兄さんとお義姉さんの残してくれた貯金から。秋のお母さんが残してくれた遺産も含め結構な額があったけど、それは冬歌ちゃんのものに使うと、あたしたちでルールを決めた。
　まぁ、だからふたりのお金は常に底が見えてる状態なんだけど。
「冬歌ちゃん、美人になってきたよねー」
「親バカだな」
「悪かったわね。どうせ秋だって、冬歌ちゃんに彼氏でもできたときには、『冬歌はやらん！』とか言うくせに」
「……ヒョロヒョロしたやつなら言うかもな」
　あたしたちの未来、語りあうだけでドキドキしてくる。
　笑いあいながら、秋の教室へと足を進めた。

　無事に卒業式も終わり、今は……。
「どこに行ったのよ〜！」
　秋を捜索中。卒業生退場のあとにどこかへ消えた。
　そもそも、龍皇がひとりもいない。
「あたし友達いないんだから。ひとりにするのは勘弁してよ」
　あーぁ。ひとりって寂しい。
　２年前のあたしに聞かせてやりたい。今の言葉。
　帰っちゃう？

いや、それはダメ。このあと倉庫行かなきゃだし。
　今日は秋と過ごすって決めたんだから。
　そんなとき、数人の女子生徒の声が聞こえてきた。
「秋先輩、どこにいるって？」
「裏庭よ、裏庭！」
「きゃー！　絶対ボタン、もらうんだから」
　なるほど。ボタン争いに巻きこまれていないのね。
　納得よ、納得……。
　……でもなんか、イヤだ。
　正直、春斗とかのボタンはもういっそすべて引きちぎられてくださいっていうレベルなんだけど。
　秋は、絶対にイヤ。
　別に、取られたくないとかじゃないからね。
　あたしがせっかく縫い直してあげたボタンを、そんな簡単に取られるなんて許すわけないというのを理由に、あたしも裏庭へ足を運んだ。

「きゃぁぁぁぁぁあ」
「春斗先輩、くださいっ！」
「倫————！」
「秋いいい！　きゃぁぁぁぁぁあ」
　え、なにこれ。
　っていうか、女子が何重にも重なっていて３人の姿が見えない。
　メイクの濃い、派手な女子の渦。あたしもリップくらい

はつけてるけど。
「はぁぁぁぁあ」
　思わずため息をつく。
　こんなところに入れるわけないし。
　ほとぼりが冷めるまで待ってる？
　……夜まで続くんじゃないかしら。
　じゃあどうする？　強行突破？
　無理、あたしにそんな力はない。
　どうすればいいかわからず頭をブンブン振るあたしの上に、影(かげ)ができた。
「冷夏、なにひとりで頭振ってんねん」
　この声は。
「あ、涼太」
「どしたん？　あ、秋やろ」
　そこには涼太と雨斗がいた。雨斗は、相変わらず無口だけど。
「うーん。秋、見えないのよね」
「ほんまやなぁ。冷夏、イヤなん？　秋がボタン取られんの」
　涼太はからかってるつもりなのか、少しにやついてる。そりゃあもちろん……。
「イヤに、決まってるじゃない」
　あたしがさらりと、さも当然かのように言うと、涼太はさらにニコニコしだした。
「冷夏、やっぱり素直に……」
「ホント。せっかく人が縫い直してあげたのに」

「ん?」
「え?」
「……冷夏、おまえずれてへん?」
「あきらめろ、涼太。冷夏のことだ」
　雨斗まで参加してくる。
「どういう意味よ?」
「ま、いいけどな。そこが、冷夏のいいところ」
　雨斗はそう言うとあたしにゆっくり手をのばして、頭をわしゃわしゃした。
「きゃっ」
「雨斗、やっぱり冷夏のこと好きなん?」
「いや、妹っぽいなって。背もちっせぇし」
「なんやそれ。それより、冷夏。いいのか?　あれ」
　涼太に指さされて見た先にいるのは。
「あー。あたしの努力が」
　まだまだ女子に埋もれる秋たちだった。
「行かへんの?」
　なんで?というように涼太が首をかしげるから、またちらっと横目で秋を見るけど。
「デレデレすんな、バァーカ」
　ちょっと、モヤモヤした。
　そのとき。
「さ、沢原冷夏ちゃん!」
　聞いたことのない声が聞こえて、あたしは振り向いた。
「あ、あの、少し話したいことが……」

顔を真っ赤にさせていう男性。先輩かな、卒業生用の花ついてるし。
「え、あ、はい。いいですけ……」
「ダメだ」
　別に話くらいならと思って返事をしようとしたところで、後ろから抱きつかれた。
　温かさとにおいでわかる。
「……秋？」
「ひぇ！　立花秋!?」
　あ、おびえちゃった。
　後ろから抱きつかれてるから表情は見えないけど、秋、睨んでるのかも。
「えっと、先輩。話ってなんですか？」
「い、いい！　なんでもない！　ご、ごめんなさーいっ」
　そう言うとなぜか先輩は駆けていってしまった。
　なんだったんだろう。……っていうか。
「秋。なぜここにいるの？」
　さっきまで女の子に囲まれてたのに。
「いちゃ悪いのかよ？」
「だ、誰もそんなこと言ってないじゃない」
　まぁ正直に言うと。
　この体勢が、とてつもなく恥ずかしいのよっ！
　ほら、みんな見てるし。
「それに……さっき囲まれてた」
　ホントは、イヤだったんだよ？とか言えたら、女の子ら

しいのに。
「だって、冷夏が変な男にほいほいついていきそーになってたから」
　ほいほいって。しかも、変な男にって。
「先輩かわいそう……」
「俺にとっちゃ同い年だから、礼儀(れいぎ)もなんもないけどな」
　まぁあたしとしては、秋があたしのところに来てくれたのがうれしいけど。
「……ボタン」
「は？」
「秋、ボタンあげたの？」
　あたしは、まわされている秋の手を握りしめた。
　ボタンはないって言われたら、なーんか。
　たぶんショックうける、あたし。
「なに？　冷夏、やいてんの？」
　すると秋はあたしの正面に立ち、あたしの身長に合わせて屈(かが)むと頭をなでてくれた。
「ボタン、全部ついてるだろ？」
　秋のブレザーには、きちんと全部ついていた。あたしがつけたところも、全部。
「冷夏以外にやるつもりなかったし」
「……あ、ありがと」
「ん」
　やっぱり、あたしは秋が大好きみたい。
　なでなで。なでなで。なでなでなでなで。

あたし、今ずーっと秋に頭なでられてる。
　ちらっと秋を見ると、秋はすっごくほほえましくあたしをなでていた。
　……これって。
「秋、子ども扱いしてる？」
「は？」
「……ふ、冬歌ちゃんだと思ってないでしょうね？」
　ここだけの話、秋のお姉さん夫婦は背が高いから、将来的にすぐ冬歌ちゃんに抜かされそう。
「安心しろよ冷夏。おまえは子どもじゃなくて、ちゃんと、冬歌のママだから」
「秋……」
　あたしはその言葉に安心する。
「じゃあ、倉庫行くかー。引き継ぎして、そのあと冬歌のお迎えだな！」
「うんっ！」
　あたしは出された手をしっかりと握りしめて、ふたりで校門を出た。
　これから、数えきれないくらいつらいこと、大変なことがあると思う。
　けれど、あたしはこの手を絶対に離さない。
　あたしと、秋と、冬歌ちゃんと。
　３人で未来を生きていく。
　今日がその、第一歩の日。
　秋、卒業おめでとう。

初めてのケンカ

「ごめんって」
「わかってる……。でもさすがに何とかならなかったの?」
　秋はマスターの目の前に置いてあるオレンジジュースを片手にとると、一気に飲み干した。
「仕方ないだろ、仕事なんだし」
「……うん」
「まぁまた今度、行けばいいだろ?」
「え?」
　あたしは秋の言葉に耳を疑った。
　その言葉は、少なくとも明日の予定をキャンセルした人の言葉ではない。
　せっかく久しぶりにあたしと秋、冬歌ちゃんの3人でピクニックにでも行こうって話だったのに。
　そう思ったけど、仕事が大変なことを知っているからワガママは言えない。
　あたしは少しモヤモヤとした気持ちのまま自分の部屋に戻った。

　次の日の朝、あたしが起きた頃にはもう秋の姿はなかった。
「こんなに朝早くから仕事なのね。秋もがんばってるんだしあたしが理解しないでどうするの」

朝ごはんでも作ろうと思ったとき。
「ママおはよ〜」
「おはよう、冬歌ちゃん」
　冬歌ちゃんが起きてきた。
　昨日の夜、冬歌ちゃんが寝たあとに秋から今日のピクニックがダメになったって聞いたから、冬歌ちゃんはまだ知らない。
「……パパどこ？」
　案の定、冬歌ちゃんはキョロキョロと秋の姿を探す。
　……今日お出かけできないことを知ったら、冬歌ちゃんショック受けちゃうよね。
　あたしは冬歌ちゃんの頭をなでる。
「ごめんね。秋ね、今日お仕事入っちゃったんだって」
　あたしの言葉に、目をクリクリさせる冬歌ちゃん。
　そして、首をかしげた。
「え、おでかけは？」
「あたしと、ふたりでもいいかな？」
「うん……」
　いい天気だし、ピクニック日和(びより)なのに。
　出かけないのはもったいない。
「じゃあお弁当、作っちゃうね！」
「うん！」
　冬歌ちゃんは少し浮かない顔をしていたけれど、あたしに勢いよくうなずいた。
　冬歌ちゃんが、少しでも楽しんでくれますように。

そう思いながらあたしは冬歌ちゃんの好きなキャラクター弁当の作成に取りかかった。

　大きな公園でレジャーシートを広げる。
　ちょうど、時計も12時をさす頃だ。
「冬歌ちゃん、おなかすいてる？」
　冬歌ちゃんがうなずいたので、あたしはお弁当を出した。
「じゃあご飯にしよっか」
　あたしがそう言うと、冬歌ちゃんはいただきますと手を合わせお弁当を食べ始めた。
　やっぱり、冬歌ちゃんは少し元気がない。
　それもそうだよね。冬歌ちゃん、今日をすごく楽しみにしてたし。
　仕事なのは仕方ないってわかっているけど、冬歌ちゃんに寂しい思いはさせたくなかったなぁ。
　チラッと冬歌ちゃんを見ると、そんなに箸も進んでないみたいだ。
　秋がいなきゃダメかな。
　秋が来れなくなって、あたしとふたりだけでも楽しんでもらおうって思った。
　でも冬歌ちゃんの様子を見る限り、あたしだけじゃダメだったりかな……。
　まだ冬歌ちゃんがあたしに寄りそいきれてない事実に落ちこむ。
　そのあと少しボールで遊んだけれど、すぐ冬歌ちゃんは

疲れちゃったようで、あたしたちはまだ空が明るい時間に帰路についた。

「ただいまー」
　ホテルの部屋に冬歌ちゃんと一緒に入る。
「冬歌ちゃん……？」
　いつもちゃんと『ただいま』と言う冬歌ちゃんが無言。
「どうしたの？」
　おかしく思って冬歌ちゃんの顔をのぞきこむ。
　ボーッとした表情の冬歌ちゃん。
　冬歌ちゃんの頬を触ると、その熱に思わず一度手を引っこめた。
「どうしよう……」
　熱だ。
　しかも、かなり高い。
　小さい子の高熱って、すごく怖い。
　どうすればいいのかわからない。
「病院……！　病院行かなきゃ」
　冬歌ちゃんを一度あたしのベッドに寝かせ、そのまま秋の部屋へ向かう。
　鍵を持っていてよかった。
　あたしは急いで秋の部屋を荒らすように物色して、冬歌ちゃんの保険証を探しあてる。
　そして冬歌ちゃんを抱きかかえ、急いで近くの病院まで走った。

ごめんね、冬歌ちゃん……。
　あたしは、ママ失格なのかもしれない。
　秋がいないことばかり考えて、それで冬歌ちゃんが元気ないのかなとか思って。
　今日ずっと冬歌ちゃんがおかしいことに気づいてたのに、なんでなにも声をかけられなかったんだろう。
　苦しそうな冬歌ちゃんを見て、あたしは自分を責めた。

「ただの風邪ですよ、薬飲んで安静にしていれば大丈夫です」
　そう病院で言われ、ホッとしながら帰宅したのがついさっきのこと。
「冬歌ちゃん、大丈夫？」
　冬歌ちゃんのおでこに冷却用シートを貼って。
　そうだ、おかゆも作らなくちゃ。
「パパぁ……」
　冬歌ちゃんがつぶやいた。
「秋に、連絡した方がいいかな」
　ひとりでどうすればいいのかわからないっていうのもあるけど、冬歌ちゃんのそばにはやっぱり秋がいた方がいいよね……？
　つらそうな冬歌ちゃんを見てそんなことを思った。
　けど……、
「秋、今日重要な仕事って言ってたよね」
　急に、どうしても外せない仕事が入っちゃったって。

あたしが、秋の負担になるわけにはいかない。
ひとりでがんばらなきゃ……。
冬歌ちゃんが落ちつき、スヤスヤと寝息を立てた頃、あたしの体力はもう限界だった。
「疲れた……」
秋、早く帰ってきて……。
そこで、あたしの意識は途切れた。

「……ん」
物音で目が覚めた。
いつの間にか、ベッドの脇で寝ちゃってたみたい。
時計を見るとすでに日付がまわっていた。
そのまま自分の部屋を出ると、目の前には秋の姿。
「秋！」
ずっとすがりたかった秋の姿に思わず飛びついた。
「ごめんな、遅くなった」
「今帰ってきたの？」
「あぁ」
「秋、あのね」
冬歌ちゃんが熱を出しちゃったことを言おうとしたとき、
　　──ピロロロ。
秋の電話が鳴った。
「あ、わりぃ。春斗からだ」
そばで秋を見てると、「すぐ取りに行く」という言葉で

電話が切られた。
　そして、秋はそのままあたしの肩を押して引き離す。
「ちょっと出てくる」
「どうしたの？」
　もうこんな時間なのに。
　そんなに急ぎの用事なのかな。
　もう引退したし、龍皇関係じゃないと思うけど……。
「いや、ただの忘れ物。今日春斗の家行ってきたから」
「え？」
　春斗の家に行ってきたって言った？
　あたしの聞きまちがい？
「仕事じゃなかったの？」
「仕事のあと。久しぶりに集まろうってなって」
　……納得いかない。
　今日仕事が入ったからってあたしと冬歌ちゃんとの約束をキャンセルしたのに。
「秋、さすがにそれはないんじゃない？」
「なんのことだよ？」
「すぐ帰ってきてよ」
　あんなに、早く帰ってきてって思ってたのに。
「冬歌ちゃんが熱出しちゃって、それで……」
　不安だった。
　どうすればいいのかわからなくて、つらかった。
　冬歌ちゃんも、秋にそばにいてほしかったんだよ？
「冬歌熱出てんのか！　なんで俺に連絡しなかったんだよ、

すぐ帰ってきたのに……」
「なんでって、大事な仕事だって言うから！　今日はさすがに直帰してくると思ったのよ」
　秋を責めても仕方ないことはわかってる。
　秋に悪気がないこともわかってる。
　それどころか、秋は連絡したら絶対にすぐ帰ってきてくれたはずだ。
　でも、あたしがそうしたくなかったのだ。
「……悪い、冷夏」
　拳を握りしめる秋に、あたしはなにも言えなかった。
　でも、あのときの不安、つらさ。
　それをなかったことにはできそうになかった。
「ごめんなさい。今夜は冬歌ちゃん、あたしが見るから。心配しなくて大丈夫。熱も大分下がったの」
　頭を少し冷やしたい。
　あたしはそのまま秋に背を向けると自分の部屋に戻った。
　その夜、秋があたしの部屋をノックすることはなかった。

秋Side

「……バカでしょ!」
「そうかよ」
　夜中の2時。
　もう眠くなる時間なのに、目はさえている。
　俺は、冷夏とケンカっぽくなってしまったあと、春斗の家に来ていた。
「秋は女心鈍いと思ってたけど、ここまでとはね」
　そう言って俺をボロクソに言うのは、元龍皇の副総長だった春斗。
「ていうか、冷夏ちゃんとの約束を仕事でキャンセルしたのもよくないのに、そのあと直帰しないのはアウト〜!」
　春斗はいい笑顔で親指を突きたてる。
　俺はなんもおもしろくねぇよ。
「なぁなぁ、雨斗もそう思うでしょ?」
「あぁ」
　パソコンをカタカタといじりながら適当に返事をする雨斗。
　絶対聞いてねぇだろ。
「仕事は仕方なくね?」
「いや、それは冷夏ちゃんもわかってるんでしょ。だからキャンセルしたときになにも言わなかったんじゃない?」
　だよなぁ……。
　俺が悪いのはわかっている。

今日、こいつらと集まるのはたしかにまちがいだったと思う。
　一緒に出かけられなかったから、せめて夜ご飯だけでも一緒に食べるべきだった。
「社会人ってムズイ」
「そりゃーね。でもがんばらなきゃ」
　冬歌の熱は心配だが、春斗の家に忘れた３枚の"コレ"は、絶対に今日持ち帰らなければいけない。
「今、俺の家に来てるのもアウト。いくらその手に持ってる"ソレ"が大事だとしてもね」
　そうだよな……。
　あのまま部屋の前でねばるべきだったか？
　でもあの泣きそうな冷夏の顔を前にすると、俺はなにもしゃべれなくなるんだろう。
「早く帰れ」
　雨斗が片手で俺をシッシッと払った。
「雨斗こそ、春斗の家入り浸るのそろそろやめろよ」
「人にダメ出しする前に冷夏に謝ってこい」
　一切こっちを見ずにそう言う雨斗。
　しかし言っていることは正論だし、俺も早く帰りたい。
　帰って、一刻も早く冷夏に謝りたい。
　もう、寝てるかもしんねぇけど。
　俺の帰るべき場所へ、少し早足で向かった。

冷夏side

　目が覚めると、もう外が明るかった。
　急いで横を見ると、スヤスヤと眠る冬歌ちゃん。
　よかった。顔色は悪くない。
　そっとおでこに手をあてて、熱が下がったことを確認する。
　朝食を作ろうとマスターのいるバーへ行く。
　向かう途中で秋の部屋を見てみたけれど、もう仕事へ行ったみたいだった。
「おはよう、マスター」
「はよ、冷夏。冬歌の具合はどうだ？」
「よさそう。まだ眠ってる」
「よかったな」
「うん、安心した」
　マスターには昨日氷もらったりとか、この辺の病院教えてもらったりとか、とにかく本当にお世話になった。
「秋、今日何時に戻るとか言ってた？」
「いや、そもそも今日は見てねぇな」
「そう……」
　秋はいつもここで朝食を食べて仕事に行く。
　それなのに、来てないんだ…　。
　昨日から気まずいまま。
　冬歌ちゃんに心配はかけられないし、早く、いつも通りになりたい。仲直りしたい。

けどあたしの中でまだ少しモヤモヤしてて、素直になれずにいる。
　今日は、ちゃんと話そう……。
　昨日の夜、結局あたしの部屋を訪れなかった秋。
　面倒くさい女だと思われていたらどうしよう……。
　そんなこと考えてボーッとしてて、あたしはパンを焦がしたことに気づかなかった。

　あたしが朝食を作ってから部屋に戻ると、冬歌ちゃんが起きていた。
「ママ、おはよー。……パパは？」
「秋は仕事だよ。具合どう？」
「ん〜」
　目をこする冬歌ちゃん。
　つらそうに見えないし、起きあがれているし。
　結構よくなったのかな。
「とりあえず、今日まではおかゆにしとこうね」
　熱いご飯をフーフーして冬歌ちゃんの口に運ぶ。
　冬歌ちゃんはおかゆを全部食べきった。
　そのあと、冬歌ちゃんにせがまれあたしは絵本の読み聞かせを始めた。
「むかしむかし、あるところに……」
　これはお姫様が王子様と無事結ばれる、ハッピーエンドのお話。
　女の子なら、誰もが一度は夢見る物語だ。

「ねぇママ？」
「うん？」
　冬歌ちゃんがクライマックス直前、お姫様と王子様の誓いのキスをする場面であたしに声をかけた。
「王子様に、ちゅーするの？」
「そうだね。女の子は自分の王子様にちゅーするんだよ」
　興味津々に聞いてくる冬歌ちゃん。
「そーなんだぁ……」
　冬歌ちゃんは少し考えこんだ。
　あら、冬歌ちゃんにも思いあたる子がいるのかな。
　保育園の子かなぁ。
　そういえばあたしも小さい頃は自分だけの王子様がいるって思ってたっけ。
　いつか、迎えに来てくれるって。
　最後まで読み終わって、冬歌ちゃんを見ると寝てしまっていた。
　そんな冬歌ちゃんの頭をなでて立ちあがる。
　冬歌ちゃんがお姫様として、素敵な王子様に迎えにきてもらう瞬間に、あたしは秋の隣にいたいと思っている。
　そんなことを考えた途端、急に寂しくなった。
　ちゃんと、話そう。秋が今日帰ってきたら。
　あたしは時計を見て、部屋を出た。
　そろそろご飯作らないと。
　バーの入り口まで来たとき、頭がクラッとした。
「……っ」

思わず机に手をつく。
　ズキズキと頭が痛む。
　そのままへたりこんだあたしに、マスターが駆けよってくるのが視界の端に見えた。
「冷夏、大丈夫か？」
「……うん、平気。少し頭が痛いだけ」
　頭が重い。
　これは、冬歌ちゃんの風邪がうつったかも。
　冬歌ちゃんのご飯はマスターに任せて、今日はもう休もう。
　そう思って部屋に戻ろうとしたけど、足に力が入らない。
「冷夏、本当に平気かよ？」
　マスターの声がするのがわかるけど、答えられずにいた。
　そんな意識ももうろうとする中、駆けよる足音がして、体がふわっと浮いたような気がした。
　そこで、あたしの意識は途切れた。

　ぼんやりとした意識の中、目を開けるとあたしはベッドの上にいた。
　少し起きあがろうとして、ズキズキとした頭痛に眉をひそめる。
　それと同時に、右側の重みに気がついた。
「え……」
　飛びこんできたのは、ベッドにひじを預け、ふせて寝る秋の姿だった。

「秋？　なんで……」
　あたしの声で秋は目を覚ます。
「ん……？　あ、冷夏！　目が覚めたか。よかった……」
「えっと？」
　なんで秋がもう家にいるの？
　というか、ここ、よく見ればあたしの部屋じゃなくて秋の部屋だ。
「なんで……」
　仕事じゃないの？　なんでここにいるの？
　混乱して、まともな言葉が出てこない。
「ごめん、冷夏」
　そんなあたしに秋は目を合わせてそう言った。
「ごめんな、無理させて。本当に、ごめん」
　秋はあたしの右手を両手で握った。
「冬歌が熱出して大変なとき、そばにいなくてごめん。おまえが具合悪いことに俺、気づかねぇで……」
「秋が……あたしを運んでくれたの？」
　あたしが倒れたとき、抱きかかえてくれたのは、秋なの？
「倒れる冷夏見て、マジで焦った。俺、心臓止まるかと思った」
「……ごめんなさい」
「いや、俺が無理させたよな、ごめんな」
　こんなに必死で謝る秋を見るのが初めてで、びっくりしてしまう。

「もう、謝りすぎだよ」
　大丈夫だから。
　冬歌ちゃんのただの風邪がうつっただけだと思うし。
　そんなに心配することないよ。
「連絡しなかったのはあたしだから。ごめんなさい。ねぇ……、よかったら３人でのお出かけ、次のおやすみにリベンジしてくれない？」
　秋と、あたしと冬歌ちゃんで、もう一度約束をしよう。
　家族の約束を。
「あぁ、もちろん。けど、冷夏はちゃんと風邪治してからな」
　秋は左手であたしの頭をなでると、体を乗り出して、あたしの目もとにキスを落とした。
「……っ、なんでそんなところなの」
　目もとにキスだなんて。
　キスされたことがない場所で、ドキドキしてしまった。
「おでこは冷却シートにとられたからな。そうなると、あいてるココな」
「……もう」
　秋はあたしの頭をなでた。
　あたしは、その心地のよさにもう一度目を閉じた。

「ふぅーあれのる！　のりたい！」
　あのケンカから２週間。
　あたしたちは家族の約束を今日、果たしている。
「わかったから冬歌、引っぱるな！」

秋、冬歌ちゃん、あたしの順でつながれた手。
　あたしたちは有名なテーマパークに来ていた。
「冷夏、疲れてないか？　冬歌、さっきからノンストップで遊びまわってるからな」
「大丈夫だよ」
　これでも、体力はあるほうだし。それより……。
「どうしたのよ、ここのチケット高いじゃない」
　結構切りつめて生活しているし、このために秋が何か我慢していたらと思うと……。
「平気だ、ずっと前からちょっとずつ準備してたから」
「準備？」
　なんの？
　あたしはわからなくて首をかしげる。
　すると、秋はテーマパークの中でも有名な花の庭の前に来ると、突然しゃがんで冬歌ちゃんに声をかけた。
「冬歌、これ、ママにどうぞしような」
「え？」
「ママ、どーぞ！」
　冬歌ちゃんから渡されたのは、赤とピンクの花たちの小さい花束。
　あたしは冬歌ちゃんにあわせてしゃがみ、その花束を受け取る。
　花の中に埋もれているメッセージカードの文字は、"HAPPY BIRTH DAY" だった。
「秋、これ……」

「誕生日おめでとう、冷夏。……つっても2日早いけど。休み合わなくてごめんな」
　びっくりして、手に持った花束と秋の顔を見比べる。
　ずっと前から準備って……、まさかあたしの誕生日のため?
「この花、バーベナっていう花なんだ。まぁ……あれだ。意味は家族とか……、そういう意味」
　秋は目線を外してそう言う。
　手で口もとを隠しているけど、赤くなっているのがわかる。
「……照れすぎじゃない?」
「花束送って、照れぇ男はいねぇよ」
　秋と冬歌ちゃんのくれた花束を見る。
　たぶんあたしはここで薔薇の花束をもらってもうれしいだろうし、そういう方が恋人っぽいかもしれない。
　けど"家族"という花をもらえて、あたしがこれ以上にうれしい花は絶対にない。
「ありがとう。うれしさと驚きとで泣きそうよ……」
　あたしは冬歌ちゃんを1回ギュッとする。
　そんなあたしを見て、秋は「冷夏、俺は?」なんて言ってきた。
　こんなところでできるわけがないじゃない……!
「嘘。まぁ家でたくさん抱きしめてやるから」
　それは心臓がもちそうにない。いじわるすぎる。
「ねぇ、パパ?」

そんな秋に冬歌ちゃんが声をかける。
　秋が冬歌ちゃんに目線の高さを合わせた瞬間。
　冬歌ちゃんは秋の頬にちゅっとキスをした。
「冬歌!?」
　びっくりした秋の顔に、冬歌ちゃんは笑顔で、
「女の子は王子様にちゅーするんだよ」
　と言った。
「あらあら」
　冬歌ちゃん、秋が王子様なのね。
「よかったね秋。まだパパと結婚したいって言ってくれてて」
「んなこと言ってねぇだろ……！」
　そう？　そう言ってるようなもんでしょう？
「ねぇ冬歌ちゃん？　秋ばかりずるいなぁ。あたしにもちゅーしてくれない？」
　そう言って冬歌ちゃんに頬を差し出すと、ちゅっとしてくれた。
　冬歌ちゃん、本当にかわいいなぁ。
「はぁ～。もうなにやってるんだよ。行くぞ」
　ニコニコしてるあたしと冬歌ちゃんを見て、秋はあきれたように立ちあがったけど、たぶん照れてるだけ。
「はいはい」
　あたしたちはまた手をつないで歩きだした。
「あ！　猫ちゃんだ！」
　冬歌ちゃんはそういってそばの猫の着ぐるみのもとへあ

たしたちの手を振りほどいて走っていった。
　そんな後ろ姿をあたしと秋で見つめる。
　そしてあたしはそんな秋の横顔に、顔を近づけ、キスをした。
「えっ、なんで冷夏……」
　いきなり頬に落とされたキスにびっくりする秋。
　あたしはしてやったりの顔でほほえんだ。
「ねぇ秋？　女の子は王子様にキスするんだよ？」
　少し恥ずかしくなったけど、あたしの想いは伝わってるはずだよね？
　秋はそんなあたしを見て、「そーかよ」と言うと、あたしの唇に短いキスを落とした。
「冷夏、やっぱり訂正。たぶん、家で抱きしめるだけじゃ足んねぇから。覚悟しとけよ？」
　そうほほえんだ秋が差し出した手を、あたしは握った。
　そして、あたしたちを呼ぶ冬歌ちゃんのもとへと向かった。
　これからの未来。
　あたしは秋のそばにいる。
　きっといろんなことがあるだろうけど、あたしは絶対に後悔はしない。
　幸せな日々がずっとずっと続きますように。

　　　　　　　　　　　　　　　　　　　　FIN

あとがき

こんにちは、Hoku*と申します。
このたびは『子持ちな総長様に恋をしました。』改め、『暴走族の総長様に、恋をしました。』に最後までお付き合いいただきありがとうございました。数多くの作品の中からお手に取っていただけましたこと、本当にうれしく思います。

この作品は2014年に『子持ちな総長様に恋をしました。』という作品として一度刊行させていただきました。こうして新装版としてもう一度皆様にお手に取っていただけるほど、この作品を愛してくださり本当に感謝の気持ちしかございません。

新装版として発売するにあたり、若干の修正と番外編の追加、書き下ろしの追加をいたしました。書き下ろしにつきましては、私自身も久しぶりに秋と冷夏に会えた、という気持ちで書かせていただきました。文庫限定のお話となっておりますので、楽しんでいただけましたら幸いです。

思えばこの作品を書いたのは今から4年半ほど前でした。そんなに時間が経っていることに、私自身もびっくりしております。

そんなに時が経てば、私の環境は大きく変わりました。学校も変わりましたし、友人も新しく仲良くなった人もいれば、疎遠になった人もいます。趣味だって変わりました。しかし、変わらずそばにいる人がいます。私にとってそれは家族ですが、今頭の中に皆様が浮かべている人は様々だと思います。その方々を、ぜひ大切にしてください。

　最後になりますが、この作品に携わってくださいました全ての方に心より感謝申し上げます。
　応援してくださった読者の皆様へ。
　小説の中の彼らによって、最大のキラキラと夢の世界をお届けできたならばとてもうれしく思います。この物語が皆様の心に残る、そんな1冊となりましたら幸いです。

2018年9月　Hoku*

この物語はフィクションです。
実在の人物、団体等とは一切関係がありません。
物語の中に一部法に反する事柄の記述がありますが、
このような行為を行ってはいけません。

♥

Hoku*先生への
ファンレターのあて先

〒104-0031
東京都中央区京橋1-3-1
八重洲口大栄ビル7F

スターツ出版（株）書籍編集部 気付
Hoku*先生

KEITAI SHOUSETSU BUNKO
野いちご SINCE 2009

暴走族の総長様に、恋をしました。

2018年9月25日 初版第1刷発行

著　者　Hoku*
　　　　©Hoku 2018

発行人　松島滋

デザイン　カバー　金子歩未（hive＆co.,ltd.）
　　　　　フォーマット　黒門ビリー＆フラミンゴスタジオ

DTP　久保田祐子

編　集　相川有希子
　　　　八角明香

発行所　スターツ出版株式会社
　　　　〒104-0031 東京都中央区京橋1-3-1　八重洲口大栄ビル7F
　　　　TEL 販売部03-6202-0386（ご注文等に関するお問い合わせ）
　　　　https://starts-pub.jp/

印刷所　共同印刷株式会社
Printed in Japan

乱丁・落丁などの不良品はお取替えいたします。上記販売部までお問い合わせください。
本書を無断で複写することは、著作権法により禁じられています。
定価はカバーに記載されています。

ISBN　978-4-8137-0541-3　C0193

ケータイ小説文庫　2018年9月発売

『暴走族の総長様に、恋をしました。』Hoku*・著

人を信じられず、誰にも心を開かない孤独な美少女・冷夏は高校1年生。ある晩、予期せぬ出来事で、幼い子供を連れた見知らぬイケメンと出会う。のちに、彼こそが同じ高校の2年生にして、全国No.1暴走族「龍皇」の総長・秋と知る冷夏。そして冷夏は「龍皇」の姫として迎え入れられるのだが…。
ISBN978-4-8137-0541-3
定価:本体570円+税

ピンクレーベル

『恋する君の可愛いつよがり。』綺世ゆいの・著

高1の六花は、同じバスケ部で学校イチのモテ男・佐久間が好き。ある日、試合に負けた罰ゲームとして"1ヶ月限定恋人ごっこ"を先輩に命じられる。しかも相手に選ばれたのは佐久間！　ニセカレなのに、2人きりになるとドキドキすることばかりしてきて…？　俺様男子とのじれ恋にきゅん♡
ISBN978-4-8137-0530-7
定価:本体590円+税

ピンクレーベル

『君と恋して、幸せでした。』善生茉由佳・著

中2の可菜子は幼なじみの透矢に片想いをしている。小5の時、恋心を自覚してからずっと。可菜子は透矢にいつか想いを伝えたいと願っていたが、人気者の三坂に告白される。それがきっかけで透矢との距離が縮まり、ふたりは付き合うことに。絆を深めるふたりだったけど、透矢が事故に遭い…？
ISBN978-4-8137-0532-1
定価:本体620円+税

ブルーレーベル

『新装版 イジメ返し～復讐の連鎖・はじまり～』なぁな・著

女子高に通う楓子は些細なことが原因で、クラスの派手なグループからひどいイジメを受けている。暴力と精神的な苦しみにより、絶望的な気持ちで毎日を送る楓子。ある日、小学校の時の同級生・カンナが転校してきて"イジメ返し"を提案する。楓子は彼女と一緒に復讐を始めるが……？
ISBN978-4-8137-0536-9
定価:本体590円+税

ブラックレーベル

ケータイ小説文庫　好評の既刊

『暴走族くんと、同居はじめました。』Hoku*・著

不良と曲がったことが大嫌いな高2の七彩。あるきっかけからヤンキーだらけの学校に転入し、暴走族"輝夜(カグヤ)"のイケメン総長・飛鳥に目をつけられてしまう。しかも住み込みバイトの居候先は、なんと飛鳥の家！「守ってやるよ」――俺様な飛鳥なんて、大嫌い…のはずだったのに!?

ISBN978-4-8137-0441-6
定価：本体590円+税

ピンクレーベル

『幼なじみのフキゲンなかくしごと』柊乃・著

高2のあさひは大企業の御曹司でイケメンな瑞季と幼なじみ。昔は仲がよかったのに、高校入学を境に接点をもつことを禁止されている。そんな関係が2年続いたある日、突然瑞季から話しかけられたあさひは久しぶりに優しくしてくれる瑞季にドキドキするけど、彼は何かを隠しているようで……？

ISBN978-4-8137-0512-3
定価：本体580円+税

ピンクレーベル

『甘すぎてずるいキミの溺愛。』みゅーな**・著

高2の千湖は、旧校舎で偶然会ったイケメン・尊くんに一目惚れ。実は同じクラスだった彼は普段イジワルばかりしてくるのに、ふたりきりの時だけ甘々に！　抱きしめてきたりキスしてきたり、毎日ドキドキ。「千湖は僕のもの」と独占してくるけれど、尊くんには忘れられない人がいるようで…？

ISBN978-4-8137-0511-6
定価：本体580円+税

ピンクレーベル

『みんなには、内緒だよ？』嶺央・著

高校生のなごみは、大人気モデルの七瀬の大ファン。そんな彼が、同じクラスに転校してきた。ある日、見た目も性格も抜群な彼の、無気力でワガママな本性を知ってしまう。さらに、七瀬に「言うことを聞け」とドキドキな命令をされてしまい…。第2回野いちご大賞りぼん賞受賞作！

ISBN978-4-8137-0494-2
定価：本体590円+税

ピンクレーベル

ケータイ小説文庫 好評の既刊

『俺が愛してやるよ。』SEA・著

複雑な家庭環境や学校での嫌がらせに…。家にも学校にも居場所がない高2の結実は、街をさまよっているところを暴走族の少年・統牙に助けられ、2人は一緒に暮らしはじめる。やがて2人は付き合いはじめ、ラブラブな毎日を過ごすはずが、統牙と敵対するチームに結実も狙われるようになり…。

ISBN978-4-8137-0495-9
定価:本体570円+税

ピンクレーベル

『葵くん、そんなにドキドキさせないで。』Ena.・著

お人好しな高2の華子は、イケメンで頭も良くモテモテなクラスメイトの葵に"女避け"という理由で彼女役を頼まれてしまう。一緒にいるうちに、葵の甘くて優しい一面を知り惹かれていく華子。ところがある日突然、葵から「終わりにしよう」と言われて…。腹黒王子からの溺愛にドキドキ!!

ISBN978-4-8137-0477-5
定価:本体570円+税

ピンクレーベル

『無気力な幼なじみと近距離恋愛』みずたまり・著

柚月の幼なじみ・彼方は、美男子だけどやる気0の超無気力系。そんな彼に突然「柚月のことが好きだから、本気出す」と宣言される。"幼なじみ"という関係を壊したくなくて、彼方の気持ちから逃げていた柚月。だけど、甘い言葉を囁かれたりキスをされたりすると、ドキドキが止まらなくて⁉

ISBN978-4-8137-0478-2
定価:本体590円+税

ピンクレーベル

『この幼なじみ要注意。』みゅーな**・著

高2の美依は、隣に住む同い年の幼なじみ・知紘と仲が良い。マイペースでイケメンの知紘は、美依を抱き枕にしたり、おでこにキスしてきたりと、かなりの自由人。そんなある日、知紘が女の子に告白されているのを目撃した美依。ただの幼なじみだと思っていたのに、なんだか胸が苦しくて…。

ISBN978-4-8137-0459-1
定価:本体560円+税

ピンクレーベル

ケータイ小説文庫　2018年10月発売

『居眠り王子の甘え方』雨乃めこ・著

高2の祐実はひとり暮らし中。ある日突然、大家さんの手違いで、授業中居眠りばかりだけど学年一イケメンな無気力男子・松下くんと同居することになってしまう。マイペースな彼に振り回される祐実だけど、勝手に添い寝をして甘えてきたり、普段とは違う一面を見せる彼に惹かれていって…？

ISBN978-4-8137-0550-5
予価:本体 500円+税

ピンクレーベル

『ワイルド・ユース（仮）』晴虹・著

全国でNo.1の不良少女、通称"黄金の桜"である泉は、ある理由から男装して中学に入学する。そこは不良の集まる学校で、涼をはじめとする仲間に出会い、タイマンや新入生VS在校生の"戦争"を通して仲良くなる。涼の優しさに泉は惹かれはじめるものの、泉は自分を偽り続けていて…？

ISBN978-4-8137-0551-2
予価:本体 500円+税

ピンクレーベル

『月明かりのDAHLIA』nako.・著

家族に先立たれた孤独な少女の朝日はある日、家の前で見知らぬ男が血だらけで倒れているのを発見する。戸惑う朝日だったが、看病することに。男は零と名乗り、何者かに追われているようだった。零もまた朝日と同じく孤独を抱えており、ふたりは寂しさを埋めるように一夜を共にして…？

ISBN978-4-8137-0552-9
予価:本体 500円+税

ブルーレーベル

『復讐日記』西羽咲花月・著

17歳の彩愛は、高校中退の原因を作った元彼の剛を死ぬほど恨んでいた。ある日、親友の花音から恨んでいる人に復讐できるという日記帳を手渡される。半信半疑で日記を書きはじめる彩愛。すると、彩愛のまわりで事件が起こりはじめ、彩愛は取り憑かれたように日記へとハマっていくのだった…。

ISBN978-4-8137-0556-7
予価:本体 500円+税

ブラックレーベル

書店店頭にご希望の本がない場合は、
書店にてご注文いただけます。

＼ケータイ小説文庫 累計500冊突破記念！／

『一生に一度の恋』
小説コンテスト開催中！

賞

最優秀賞＜1作＞
スターツ出版より書籍化
商品券3万円分プレゼント

優秀賞＜2作＞
商品券1万円分プレゼント

参加賞＜抽選で10名様＞
図書カード500円分

最優秀賞作品はスターツ出版より書籍化!! ぜひチャレンジしてね♪

テーマ

『一生に一度の恋』

主人公たちを襲う悲劇や、障害の数々…
切なくも心に響く純愛作品を自由に書いてください。
主人公は10代の女性としてください。

スケジュール

7月25日(水)→エントリー開始
10月31日(水)→エントリー、完結締め切り
11月下旬　→結果発表

※スケジュールは変更になる可能性があります

詳細はこちらをチェック→
https://www.no-ichigo.jp/article/ichikoi-contest